KB058915

쌍성의 천검사
Heavenly sword of twin stars

1

백성(白姓)을 계승한 자

장백령(張白玲)

변경을 지키는 명문의 영애이며
어린 시절부터 문무에 고루 재능을 드러낸 소녀.
용모가 단정하며, 성격도 성실하고 자비로워
백성들에게 사랑 받고 있다.
출생 탓에 강직한 인상을 무너뜨리지 않지만,
유일하게 척영에게는 떼를 쓰며 어리광을 부린다.

생한 불패의 영웅

영(隻影)

국의 명장이 거두어 영애인 백령과 함께 키운 청년.
생의 경험과 무예의 훈련으로 빼어난 무력을 가졌지만,
은 전장에서 떨어져 일하는 지방 문관을 지망한다.
격은 대충인 것처럼 보이지만 냉정함도 아울러 갖추었다.

——지금 그 얘기, 어떤 의미인가요

당신을 낭군으로 삼을, 조건을 말씀해 주세요!
당신은 제 목숨을 구해주셨으니까요!

배, 백령?! 어, 어째서, 네가 여기 있는 거야?!

좋은 아침이에요…….

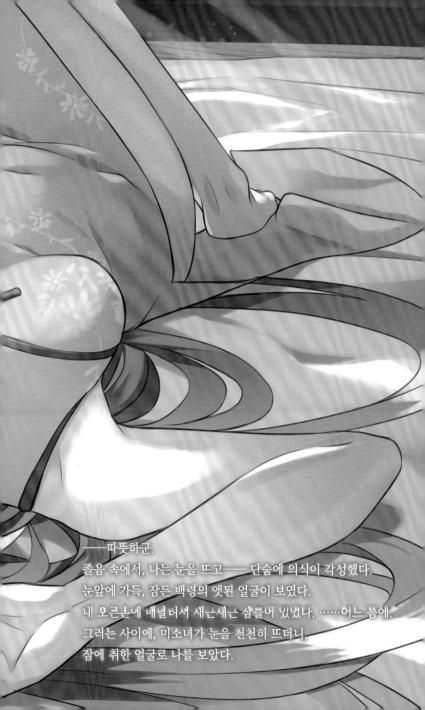

──따뜻하군.

졸음 속에서, 나는 눈을 뜨고── 단숨에 의식이 각성했다.

눈앞에 가득, 잠든 백령의 앳된 얼굴이 보였다.

내 오른눈에 배널러서 새근새근 잠들어 있었다. ……어느 틈에.

그러는 사이에, 미소녀가 눈을 천천히 뜨더니,

잠에 취한 얼굴로 나를 보았다.

적군 총대장 『적랑(赤狼)』——

장척영과 장백령이

물리쳤다!!!!!

CONTENTS

Heavenly sword
Of twin stars

후후후…… 인파 속에서
용케 저를 찾아주셨습니

기린아
왕명령(王明鈴)

신진기예의 거상 왕씨 가문의 딸.
몸은 일부분을 제외하고 조그맣지만
상인으로서 확실한 재능과 후각을 가졌다.
첫 만남에서 적영이 그녀의 목숨을 구했으며,
그의 내면에 숨어 있는 예리함을 높게 평가하고 있다.

등장인물

척영 (隻影)
전생한 영웅

장백령 (張白玲)
명문의 영애

왕명령 (王明鈴)
대상인의 딸

장태람 (張泰嵐)
구국의 명장

조하 (朝霞)
백령의 시녀

시즈카 (靜)
명령의 종자

아다이
천하통일을 노리는
(玄) 나라의 황제. 괴물

구엔
적랑(赤狼).
현 나라의 용장(勇將)

쌍성의 천검사

HEAVENLY SWORD OF TWIN STARS

서장

"말을 세워라, 역적! 저항하면 용서치 않는── 크악!"

나── 황(煌) 제국의 대장군이었던 황영봉(皇英峰)이 마상에서 몸을 돌려 쏘아낸 화살은 정확히 노린 곳, 선두 기병의 왼쪽 어깨를 꿰뚫었다.

동틀 녘이 가까운 시간의 어둠과 북방의 냉기 속에서 비명이 들리고, 안장의 등불과 함께 병사가 낙마했다.

다소 시야가 나쁘긴 하지만, 전장이었다면 이마를 꿰뚫었으리라……. 허나 습격자라 해도 같은 제국의 백성이다. 죽이고 싶지는 않다.

나는 다리로만 말을 몰면서, 그동안에도 추적자들에게 차례차례 화살을 속사했다. 습격자의 피로 더러워진 외투와 검은색 기조의 가벼운 옷차림, 허리에 차고 있는 검은 칼집과 하얀 칼집의 쌍검이 흔들린다.

『윽?!』

동요하여 속도를 늦춘 나머지 기병들의 팔과 허벅지에 화살이 박히고, 움직임이 멎는다. 기마사격을 익힌 자는 없는 모양이군.

오늘 밤에 머무를 예정이었던 제국 최북단의 도시 『노도(老桃)』의 수비대장이, 변사를 짐작하고서 억지로 떠넘긴 강궁에 화살을 메기며 작게 내뱉었다.

"……내가 역적이라 불리는 날이 올 줄이야."

봄이 가깝다. 그러나 황야의 새벽은 싸늘하고, 숨결도 희다.

본래는 지금쯤 따뜻한 방에서 잠들어 있었어야 하거늘…….

나와, 지금은 제국 대승상을 맡고 있는 죽마고우인 왕영풍(王英風), 그리고 7년 전에 돌아가신 선제가, 이곳 『노도』에서 신화의 시대 이후 누구도 이루지 못한 『천하통일』의 맹세를 한 것이 지금으로부터 20년 전이다.

열다섯에 첫 출진을 한 뒤 선제께 쌍검을 받고, 어느샌가 군사를 통괄하는 대장군이 되어 동분서주했다.

수많은 고난을 뛰어넘으며―― 나와 내정을 다스리는 영풍은【쌍성(双星)】이라 칭송받게 되었다. 지금 제국은 북방 초원지대에 위치한 소국【연(燕)】 나라와 대륙을 남북으로 가르는 대하(大河) 남방에서 간신히 독립을 유지하고 있는【제(齊)】 나라를 제외하고, 차례차례 병탄되었다.

우리 셋이 그날, 천 년을 살아왔다고 전해지는 거대한 복숭아나무 앞에서 맹세한 꿈. 그것이 손을 뻗으면 닿을 곳까지 다가왔다. 쌍검은 천하를 다스리는 검――【천검(天劍)】이라고 칭송받을 정도가 되어 있었다.

그러나…… 선제가 돌아가신 이후 제국령은 확대되지 않았다.

지금의 황제에게는 천하통일의 의지가 없었다.

나 자신도 이미 대장군이 아니며, 그토록 가까웠던 영풍하고도 벌써 몇 년을 만나지 못했다.

쓸쓸함을 느끼면서도, 옅은 어둠 속에서 움직이는 추적자에게 화살을 보낸다.

다시 비명과 고함이 울렸다.

"어, 어째서 맞는 거냐?!"

"홰, 횃불을 꺼라!"

"부상자 다수! 수가 부족합니다!!"

"방패에 숨어라! 저분이 진심이라면⋯⋯ 우리들은 지금쯤 모두 죽었다!!"

활에 화살을 메기면서 상대 전력을 분석했다.

――대부분 실전을 모르는 신병이군.

몇 안 되는 고참병도, 시야가 안 좋은 새벽에 기승 전투의 경험은 없었다.

이제 나를 따라올 여유가 있는 자는 없었다. 활에서 화살을 거두고 독백했다.

"⋯⋯약하군. 황제 직속군이 이 정도라니. 나를 확실히 죽이고 싶었다면, 다른 방법도 있었을 것인데. 도읍에서 암살을 할 기개도 없고, 『다가올 봄의 침공에 대비해, 북방 변경을 정찰하라』는 거짓 임무를 꾸며내어서는―― 아니, 일부러일까⋯⋯? 그토록 나를 원망하는⋯⋯."

마지막까지 말을 잇지 못하고, 나는 고삐를 당겼다.

새벽이 가까운 북쪽 하늘에서 쌍성이 반짝이는 가운데, 발굽을 돌려 목적지로 서둘렀다.

――내가 대장군에서 물러난 것은 선제가 돌아가신 이듬해였다.

조급하게 【제】를 침공해야 한다고 호소한 것이 시끄러웠으리라.

2대 황제가 에둘러 은퇴를 재촉하여, 우선은 장군위.

이어서 병권과 영토를 순차적으로 반납하고, 실질적으로 은거 상태가 되었다.

딱 한 번 영풍과 격론을 나눈 적이 있지만, 제국의 정치를 다스리는 대승상 각하와 의견이 맞지 않았지——.

무의식적으로 칠흑과 순백의 칼집을 매만졌다.

나에게 남은 것은 이제 【천검】뿐인가.

이것만큼은…… 도저히 반납할 생각이 안 들었다.

"있다!!!!! 속히 쳐라!!!!!"

전방에서 젊은 남자의 명령이 울려 퍼지고, 수십의 기병이 작은 언덕을 달려서 내려온다. 복병인가!

말을 몰며, 군의 지휘관으로서 생각했다.

이걸로 암살자를 포함하여 다섯 부대.

고작 한 명의 목표를 칠 셈이라면, 처음부터 대병력으로 압도하였으면 될 것인데.

과거 7년간의 군사비 삭감은, 병사들의 훈련도뿐 아니라 지휘관에게도 악영향을 준 모양이다. 동시에 틀림없이, 영풍의 지휘가 아니다.

급속하게 다가오는 기병의 무리를 보았다.

아침 안개 속이라지만, 활로 쏘아 맞추는 것도 어렵지는 않다마는…….

활을 등에 지고, 안장에 묶어 놓았던 창을 손에 잡았다.

"핫!"

왼손으로 고삐를 잡고서 말의 속도를 단숨에 높였다.

옛날에 내가 목숨을 구해줬다는 『노도』의 젊은 수비대장이 좋은 말을 골라준 모양이다.

……후에 죄를 문책받지 않으면 좋겠다만.

그런 생각을 하면서, 옅은 안개 속으로 돌입했다.

"?!"

"크악!"

"으윽!"

"무슨!"

『으?!!!!』

적 부대를 정면으로 꿰뚫고, 옆을 스치며 자루로 몇 기를 때려 떨구었다.

반사적으로 검을 잡아 반격하려 한 젊은 기병의 일격을 가볍게 비껴내고, 말머리를 돌렸다.

안개가 걷히고, 『믿을 수가 없다』라는 병사들의 표정이 보였다.

과거에 우리 셋이 맹세한 『흐트러진 천하를 통일하고, 악정과 이민족, 도적들에게 고통받는 백성을 구하자!』라는 꿈은, 이루지 못하리라.

……그렇더라도!

오른손으로 창을 크게 휘두르고, 소리 높여 외쳤다.

"황 제국의 대장군이었던, 황영봉이다. 애송이들—— 내 목을 가져갈 수 있으면 가져가 보아라!!"

*

"여기면 되겠군."

어릴 적 벗들과 함께 달린 비밀스러운 오솔길을 지나 목적지에 도착한 나는, 몇 겹의 포위망을 돌파하여 파김치가 된 말을 세웠다. 하늘은 이미 하얗게 물들기 시작했다.

눈앞에는 벼랑을 집어삼키듯 자란 복숭아의 대수(大樹)와 이끼가 낀 거암(巨岩)이 있다.

굉음을 내며 여러 폭포가 떨어지는 소리가 들린다.

20년 만에 찾아온 황 제국 시작의 땅—— 선제, 나, 영풍이『천하를 취하자!』라고 맹세한 늙은 복숭아나무는 무엇 하나 변하지 않았다. 그 기나긴 수명과 함께 숭배의 이유가 되는, 1년 내내 흐드러진 옅은 빨간색의 꽃이 희미한 아침 햇살 속에서 환상적인 광경을 만들고 있었다.

그 무렵, 우리에게는 두려울 것이 아무것도 없었다. 그저 커다란 꿈만 가지고 있었다.

……이제 와서는 하염없이 그립기만 하구나.

말에서 내려 안장을 풀어주고, 목덜미를 살살 안아주며 말을 걸었다.

"고맙구나. 정말로 큰 도움이 되었다. 이제 가거라. 남아 있으면 너에게도 해가 있을 것이야."

그러자, 현명한 말이 눈을 가늘게 뜨고 면목이 없다는 것처럼 울더니 오솔길로 돌아갔다.

나는 말을 보낸 뒤, 배낭을 내리고 거목 앞에 섰다. 이미 전통은 비었다. 창도 부러졌다.

반짝이는 북쪽의 쌍성과 기울어가는 달의 위치, 지평선의 아침 해를 보니, 이제 동이 튼다.

추적자들도 따라오겠지.

그건 그렇고──.

"이곳만큼은 변함이 없어."

본래 복숭아나무의 수명은 짧다.

그럼에도── 말라 죽지 않고, 전승에 따르면 천 년간 이 땅에 있었다고 한다.

『노도(老桃)』라는 지명이 붙는 것도 수긍이 되는군.

──잠시 지나자, 바람이 새로운 흙 내음을 날라왔다.

시선을 과거보다 넓어진 산길로 돌렸다.

"……오는가."

아침 안개 속에서, 방패병을 선두로 병사들이 전진하고 있었다.

수는── 얼추 천이군.

제국의 최정예부대를 고작 한 명의 전직 장군 상대로 투입하다니…… 거창하기도 하군.

턱을 매만지면서, 중앙에 있는 말을 탄 여장군에게 일갈했다.

"그 자리에서 멈추거라! 더 이상 온다면—— 이번에야말로 죽는 자가 나올 것이야!!"

선두의 전열이 겁을 먹은 것처럼 정지했다. 병사들의 표정에 긴장이 달라붙었다. 이 땅에 오는 동안 나온 다수의 부상자를 봤으리라. ……역시, 실전 경험이 부족하군.

그럼에도, 화려한 투구를 쓴 여장군이 지휘봉을 휘두르며 외치자 천천히 전진을 재개한다.

폭포 소리에 가로막혀 들리지 않지만, 『겁먹지 마라!』 따위의 말을 했으리라.

선제가 직접 이끄는 고참 친위대도 해체된 지 이미 오래다. 내가 수많은 전장에서 지금까지 무엇을 이룩했는지, 실제로 모르는 자도 늘어난 모양이야.

"……나이는 먹고 싶지 않군. 아직 한참 젊다고 생각했건만."

쓴웃음을 짓고 있는데, 약간 떨어진 장소에서 벼랑 위의 나를 포위하는 포진이 완성됐다.

"재미가 없군. 조금 더 궁리를 했어도 좋았을 것을. 그러나, 난처한 일이야."

이제 가진 무기는 허리에 차고 있는 쌍검뿐이다.

이것을, 아무리 그래도 아군에게 뽑을 수는 없는데…… 군기 옆에 있는 젊은 장군이 검을 뽑았다.

"놈에게는 도망칠 길도, 화살도 없다! 돌격하여, 역적을 쳐라!!"

『…………큭.』

전열 안의 병사들과 하급 지휘관들의 표정에 당황이 떠오르고, 소리 없는 소리를 질렀다.

고참병으로 보이는 자들에 이르러서는 노골적으로 싫다는 기색이었다.

이대로 나와 싸우게 될 경우, 자신들이 어떻게 될 것인지를 이해하고 있는 것이군.

여장군이 역정을 내며 지휘봉을 휘두르고, 노호를 질렀다.

"무얼 하고 있나!!!!! 놈을——『역적』황영봉을 쳐라!!!! 이것은 황제 폐하의 칙명이로다!!!!!"

오늘 밤, 몇 번이고 들은 말에 가슴이 아렸다. 영풍의 심복까지 이리 말을 하다니, 황제는 역시 그토록 나를 원망하는가—— 망설이던 병사 일부가 산길을 맹렬하게 달려왔다.

나는 잠시 눈을 감고, 오른손을 흑검의 칼집으로 가져갔다.

"각오하시오—— 큭?!!!"

『!』

맨 먼저 올라온 병사가 검을 상단으로 겨누고 휘두르기 전에, 몸통 갑옷을 걷어찼다. 병사가 버둥거리면서 가까운 병사들을 끌어들이며, 산길을 굴러떨어졌다.

그 옆을 지나 병사들이 쇄도하지만.

"——정신 똑바로 차리거라?"

『~~~~~~~윽?!!!』

칼집에 든 채 옆으로 휘두른 흑검을 미처 피하지 못하고, 수십

명이 비명을 지르며 하늘 높이 날아가 차례차례 땅바닥에 떨어졌다. 비명과 고성, 공포의 신음이 연쇄되었다.

뒤를 따르던 병사들이 경악하여 발길을 멈춘 것을 살피며 충고했다.

"사람을 기다리고 있다. 죽고 싶지 않다면 오지 말거라. 죽이고 싶지 않다."

병사들의 눈동자가 격하게 흔들린다. 후퇴하는 자도 다수.

몇 안 되는 고참병들 중에는 아는 얼굴도 많다. 그런 자일수록, 안색이 파랗게 물들어 있었다.

"무얼 하고 있나! 놈이 범처럼 용처럼 강하다 해도── 혼자다. 고작 한 명이다!!! 제국과 황제 폐하께 대적하는 자를 쳐라!!!! 속히 쳐라!!!!"

여장군 또한 안면이 창백하지만 병사들을 고무했다. 어지간히도 날 죽이고 싶은 모양이군.

아니군── 노예 신분에서 장군까지 끌어올려 준 주인, 『영풍의 손을 더럽히지 않겠다』라는 충심 탓인가?

흑검을 쥐고, 송곳니를 드러냈다.

"그러면…… 하는 수가 없군. 내 목을 가져가, 말대까지 영예로 삼아보거──."

"멈춰라!!!!!!!!!!!!!!!!!!!!!"

오솔길에서, 곱상한 사내가 서투르게 모는 말이 뛰쳐나왔다.

백발이 섞인 머리칼이 엉망이고, 외투도 지저분하다.

투구 안쪽에서 여장군의 표정이 격렬하게 동요하며, 비명을 질렀다.

"가, 각하?! 어, 어째서……."

곱상한 사내── 나의 붕우이며, 현재는 정적이라 일컬어지는 왕영풍이 믿을 수 없으리만치 차가운 어조로 다시 명했다.

"홍옥(紅玉), 물러나거라. 이것은 황 제국 대승상이 내리는 명이다. 나는 황 제국 대장군 황영봉과 할 이야기가 있다! 무엇보다── 이 장소는 선제와 우리들에게 맹세의 땅!! 누구라 해도 들어서는 것을 허하지 않겠다!!"

"예……. 죄, 죄송합니다…………."

여장군은 몸을 크게 떨면서 고개를 떨구고, 지휘봉을 힘없이 휘둘렀다.

경직된 표정이던 지휘관들도 병사와 부상병을 수습하여 산길을 내려갔다.

군의 대열이 안 보일 때까지 영풍은 엄격한 표정으로 그 모습을 내려다보고 있었지만── 이윽고, 숨을 내쉬더니, 굴러떨어지듯 말에서 내려 깊숙하게 고개를 숙였다.

"……미안하다. 이번 일은…… 모두 내 실수야……."

"신경 쓰지 마라. 착한 아이야. 너를 생각해서 한 일이겠지. 마셔라."

배낭에서 술잔을 두 개 꺼내, 술을 따라 맹우에게 내밀었다.

선제가 돌아가신 뒤, 나와 영풍의 입장은 크게 바뀌었다.

그러나── 어린 시절부터 함께 걸어왔다는 사실은 의심의 여지가 없다. 우리는 맹우다.

영풍은 술잔을 받아, 단숨에 들이켰다. 백발이 희미한 아침 햇살을 반사하며, 눈 아래의 거뭇함이 더욱 눈에 띄었다.

"늙었군. 도저히 서른다섯으로 안 보이는걸? 대승상 각하."

놀리면서 술을 다시 따르자, 영풍은 씁쓸하게 내뱉었다.

"……대장군 나리와 달라서, 귀찮은 일을 도맡아 했으니까!"

"정무는 내 전문이 아니야. 어차피 나는『검』에 지나지 않지."

"……흥."

영풍은 술잔을 반 정도 마시고, 술병을 거칠게 가로챘다.

"……네놈은 변함이 없군. 올곧고, 망설임 없이 자신의 뜻을 관철한다. 그렇기에……"

바람이 불고, 무수한 복숭아 꽃이 밤과 아침의 빛을 받으며 춤을 추었다.

그때와── 20년 전과 마찬가지로.

직후에, 문득 고개를 든 벗의 눈동자에 눈물이 고여 있었다.

잔이 손에서 떨어지고, 소리를 내며 깨졌다. 내 어깨를 아플 정도로 꼭 쥐고 있었다.

"영봉이여, 내 벗이여. 도망쳐라……! 네가…… 너처럼, 누구보다도, 나라를, 백성을 생각하여 싸워온 자가, 이러한 누명을 쓰고 해를 입는 일은…… 있어선 안 된다!!"

그 필사적인 표정을 보고 순식간에 이해했다.

아아…… 이 남자는, 마음씨 착하고 누구보다 영리한 벗은, 황제가 나를 암살하라고 명한 뒤부터, 밤잠도 이루지 못할 만큼 고민하고 또 고민한 것이다.

거대한 나무를 올려다보며── 옛 어조로 돌아가, 솔직한 마음을 입에 담았다.

"폐하가………… 꼬마가, 그 정도로 **나**를 미워할 줄은 몰랐어."

선제의 외동아들인 2대 황제가 범용(凡庸)한 것은 알고 있었다.

그래도 영풍이 있으면 제국을 발전시키기에는 충분하다고 생각했다.

벗이 고개를 숙였다.

"……네가 너무나도 눈부셨던 거지. 수많은 전장에 나서서, 상처 하나 없이 불패. 선제의 『검』으로서 쌓아 올린 그 무훈은 고금에 비할 바가 없는 것. 폐하께도 의견을 굽히지 않고, 스스로 관위와 영토를 반납했다. 그리고 병권마저 놓으면서도, 【천검】의 반납에는 응하지 않았지……. 전장을 경험하지 않은 폐하가 보기에는, 업신여기는 느낌을 받으셨을 게야."

"【천검】이라 부를 수는 없지 않나? 아직 천하통일이 이루어지지 않았잖아?"

농을 던져봤지만 답은 없고, 영풍이 주먹으로 가까운 바위를 때렸다.

"솔직히 말하마. 나 또한…… 너를 질투하고 있었다. 『어찌하여, 하늘은 같은 시대에, 황영봉과 왕영풍을 낳은 것이냐』고 생각했지. ……웃어라. 『대승상』이랍시고 세상이 칭송하는데, 선제가 돌아가신 뒤 7년, 나를 떠민 것은 너에 대한 질투였다! 그 결과

가…… 이 꼴이지. 유일한 벗을 떳떳하게 나서서 구하지도 못한
다…………."

"……그랬나."

사실은 나도, 아군을 죽게 만드는 무장이 아니라, 아군을 구하
는 영풍 같은 문관이 되고 싶었다……. 그러나 말할 수 있는 분위
기가 아니군.

나는 눈을 감고, 허리에서 쌍검을 천천히 뽑아, 거암 앞으로 나
아갔다.

칠흑의 검은【흑성(黑星)】.

순백의 검은【백성(白星)】.

나와 영풍의 붕우. 이제는 죽고 없는 비효명(飛曉明)이 황제가 되
기 전, 나에게 준 유일한 물건이다.

듣자니 하늘에서 떨어진 별을 써서 신화 시대에 벼린 것이라고
한다.

맹우가 눈을 깜박였다.

"영봉? 무엇을——."

"핫!"

질문을 무시하고, 나는 쌍검을 과거 효명이 앉아 있던 거암에
거침없이 휘둘렀다.

——칼날이 바위에 들어서는 감각.

양단된 거암이 굴러간다. 폭포가 바위를 삼키고, 거대한 물기

둥이 솟았다.

물방울을 받으면서, 나는 쌍검을 칼집에 넣어 허리에서 풀었다.

"영풍!"

멍하니 서 있는 벗에게 【천검】이 되어야 하는 쌍검을 던지고, 고했다.

"그건 아직 역할이 남은 모양이다. 이제부턴—— 네가 이어라!"

"여, 영봉? 무슨…… 무슨 말을 하는 거냐…………?"

벗의 목소리가 떨리는 가운데, 나는 벼랑 끝에 서서 한쪽 눈을 감았다.

"뭐—— 너라면 할 수 있다. 아아, 그렇군. 이제 그만 장가도 들어야지?"

"아, 알았다. 알아들었어! 바보 같은 생각은 하지 마라!"

새하얀 아침 햇살이 쏟아졌다. 동이 트고, 별들이 사라진다.

영풍이 필사적인 모습으로 호소하지만, 나는 고개를 저었다.

"이제부터 제국에 필요한 것은 『검』이 아니고——."

처음으로 전장에 선 20년 전과 마찬가지로, 당장 울음을 터뜨릴 법한 표정을 지은 벗에게 웃었다.

"바로 너다, 왕영풍. 나의, 우리의 꿈을—— 천하를 통일하고, 백성이 안심하고 먹고 사는 나라를 꼭 만들어라. 이런저런 일도 있었지만 즐거웠어—— 그럼 간다!"

"영봉!!!!!!!!!!!!!!!"

붕우의 외침을 느끼면서, 나는 힘껏 지면을 찼다.

공중에 몸을 던지고 머리 위를 바라보자—— 쌍성 하나가 떨어지는 것이 보였다.

그 직후 폭포에 휩쓸려, 차가운 물에 휩싸였다.

——나쁘지 않은 인생이었다.

만약 다음 생이 주어진다면…… 다음엔 전장에서 사람을 치는 무관이 아니라, 영풍처럼 정치로 사람을 구하는 문관이 되고 싶군.

뭐, 내 재주로는 기껏해야 지방 문관이 한계일 테지만.

그런 생각을 하면서, 나—— 황영봉의 의식을 어두운 물 밑바닥이 집어삼켰다.

제1장

"그러면, 이제부터 모의전을 개시한다. 1 대 3이라 해도 힘을 뺄 필요는 없다. ──괜찮겠지요? 백령 아가씨."

"──네. 문제 없어요."

대륙을 남북으로 가르는 대하 이남을 다스리는 영(米) 제국.

그 북방 변경에 위치한 호주(湖洲)의 중심도시, 경양(敬陽) 교외의 연습장에 시원스러운 소녀의 목소리가 울렸다.

성실해 보이는 젊은 청년 대장의 물음에 대답한 것은, 아름다운 검을 겨눈 미소녀── 영 제국을 이민족에게서 수호하는 명장 【호국(護国)】 장태람(張泰嵐)의 장녀, 백령(白玲)이었다.

붉은색 끈으로 묶어 올린 긴 은발이 태양 빛을 반사한다. 갖가지 이국인이 출입하는 이 나라에서도 흔히 볼 수 없는 파란 두 눈에는 깊은 지성이 서렸으며, 균형이 잡힌 체구에 두른 흰색을 기조로 한 군장(軍裝)과 경갑(輕甲)을 입은 모습은, 한 식구의 눈에도 참 늠름하다.

성벽이나 망루 위에서 견학하고 있는 병사들도 무심코 찬탄을 흘렸다.

나── 장씨 가문에 거두어진 척영(隻影)과 피는 이어지지 않았지만, 여동생과 다름없다고 생각하는 소녀의 용모는 팔이 안으로 굽지 않아도 아름다웠다.

『황영봉』이 살아 있던 천년 전에도, 백령만큼의 미소녀는 없었다.

성격도 성실하며, 나날이 단련에 전념하고, 장씨 가문을 섬기는 자들과 병사들에게도 온화하다.

옛날과 달리 『은발창안(銀髮蒼眼)의 여자는 나라를 흔든다』라는 미신도 없어졌는지, 경양의 주민들에게도 사랑받고 있었다.

『정말로 열여섯인가? 설마 나랑 같아서 **전생**의 기억이 있나?!』

이렇게 생각한 것은 비밀이다. 옛날부터 나한테는 이상하게 엄격하지만 말이야…….

일단 내 감상은 틀림이 없다.

"백령 님. 열심히 하세요!"

"오늘도 어여쁘십니다."

"『지방 문관이 된다!』면서 망발을 하시는 척영 님한테 따끔하게 부탁드립니다."

"반년이나 혼자 도읍에 다녀오다니 치사해!"

"도련님도 이 다음에 훈련을 하시는 거지?"

"무관이 되는 거 맞죠?"

구경하러 온 대다수의 남자 병사들과 소수의 여자 병사들은 백령을 응원하면서, 이때가 기회라는 것처럼 나에게 야유를 보냈다. 최전선인 경양에서는 남녀를 가리지 않고 무기를 든다.

……그건 그렇고, 훈련을 하라고?

할 것 같냐! 나는 도읍에서 입수한 서책을 읽느라 바쁘거든!

『그렇군…… 장래에 서류 작업을 하는, 이른바 문관이 되시는 거군요! 그러면 어려운 서책을 읽는 것도 중요하겠어요? 지금이라면 이 서책들을 싸게 넘기겠습니다♪』

도읍에서 만난 연상 소녀의 말을 떠올렸다. 성격이야 그렇다 치고…… 그 녀석한테 극히 우수한 문관의 자질이 있는 건 사실이다.

전생에서는 이루지 못했던 문관의 꿈, 이번 생에서는 반드시 이루고 말겠어!

애당초── 나는 오늘 훈련에 나올 생각이 없었다.

그런데, 백령이 말이지.

『장씨 가문 더부살이인 자가 지는 최소한의 의무입니다.』

시원스러운 표정으로 이렇게 말해서, 어쩔 수 없이 나올 수밖에 없었── 은발의 아가씨가 돌아보더니, 눈을 가늘게 뜨고 나를 보았다.

"…………."

"…………."

『내가 훈련을 하는데, 당신은 안 볼 건가요? ……헤에.』

미소녀가 보내는 압력에 져서, 시선이 마구 흔들렸다.

전장에서 장태람── 의부님이 날 거두신지 벌써 10년.

전생에서부터 특기였던 무예라면 또 모를까, 백령이 보내는 무언의 압력에는 이긴 적이 없다.

검은색 앞머리를 만지작거리면서, 손을 가볍게 흔들었다.

"아~. ……얼른 시작하는 게 좋지 않아?"

"…………그렇네요."

백령이 차갑게 응답하고, 괜히 느릿하게 돌아서서 병사들과 대치했다.

심판을 맡은 청년 대장이 난처한 표정으로 나를 보길래, 가볍게 고개를 끄덕였다.

"그러면── 시작!"

신호를 받고서, 백령과 병사들의 모의전이 시작됐다.

세 명의 병사들은 훈련용 창을 겨누면서, 슬금슬금 백령에게 다가갔다. 움직임을 보니 이제 막 들어온 신병들인 모양이군.

그에 비해서, 때때로 부는 봄바람에 은발을 나부끼고 있는 소녀는 움직이지 않는다. 응, 지진 않겠군.

──과거 영(釆) 제국은 변경의 한 주(洲)를 제외하고 천하를 거의 통일했었다.

그런데 지금으로부터 50여년 전, 옛【연(燕)】나라가 있던 지역에서 부흥한 기마민족 국가──【현(玄)】제국에게 대하의 북방을 빼앗기고, 옛【제(齊)】나라가 있던 남방까지 내몰렸다. 그런 이 나라에게 영토 탈환은 비원이다.

지금은 소강상태지만, 언젠가 반드시 전쟁이 재개된다.

그때── 선봉을 맡는 것은 대하에서【현】나라의 군과 계속 대치하고 있는 장가군(張家軍)이다.

『일단은 훈련이다!』라는 의부님의 방침은 옳다.

전생에서 내가 최후를 맞은『노도』에도 언젠가 갈 수 있게 되고 싶군.

믿을 수 없는 일이지만, 아직도 그 거대한 복숭아나무가 있다고 한다…….

내가 생각에 잠긴 사이에도, 백령이 검 한 자루로 병사들을 성벽에 몰아붙인다. 반년 사이에 꽤 단련을 한 모양이군.

자연스럽게 표정이 풀리는 것을 자각하며, 나는 천막 아래서 독서를 재개했다.

읽고 있는 것은 **황 제국이 천하를 통일**하고, 그리고 멸망하기까지의 기록이었다.

『**쌍성, 업국(業国)을 일전으로 대파하다.**』

——그랬지. 그랬었어!

어렴풋한 기억이지만, 칠곡산맥 넘기를 이룩하여 적 수도 강습에 성공한 그 전투는, 영풍이 고안하고 내가 실현시킨 회심의 전투였다—— 등뒤에서 노인이 괜히 헛기침을 한다.

"어흠. ……도련님. 제대로 보셔야지요. 나중에 백령 아가씨가 화를 낼 겁니다? 그러잖아도 도련님이 반년이나 도읍에 다녀온 탓에 기분이 좋지 않으셨습니다! 그동안 아가씨는 주인 나리의 명에 따라 계속 단련을 해왔지요."

"……례엄(礼厳), 무서운 말 좀 하지 마. 편지도 보냈었잖아…… 한 달에 한 번."

"허어? 본래 약속은 보름에 한 번이라고 들었습니다만?"

"……어 그게, 나도 영 바빠서……."

나는 어물어물 말하면서, 백령에게서 받은 예쁜 새의 깃털을 사서(史書)에 끼웠다. 어느샌가 등 뒤로 다가온 백발백염의 위장부—— 의부님의 부장(副將)이며, 우리를 돌봐주는 례엄에게 대답하고 연습장으로 시선을 돌렸다.

병사들의 환성 속에서, 백령이 마치 춤추듯 공격을 하고 있었다.

검의 궤적과 긴 은발이 보석처럼 반짝인다.

당연한 거지만, 검과 창의 대결은 후자가 유리하다. 일단 창이 길다. 하물며 상대는 미숙하다고 해도 세 명.

대부분의 국면에서, 수는 질을 능가한다.

그렇지만…….

"늦어요!"

""""?!""""

백령은 찔러 들어오는 창을 회전하면서 차례차례 쳐내고, 반대로 병사들을 몰아붙였다.

나는 무심코 손뼉을 치며 순수하게 칭찬했다.

"오~ 저 녀석, 반년 동안 많이 강해졌는데!"

"그렇습니다. 작금, 이곳 경양 근처에도 도적들이 나오고 있는 바, 아가씨도 그것을 크게 신경 쓰고 계시는 터라……. 아니, 역시 도련님께 보여주기 위해서겠지요."

할아범이 백발을 매만지면서, 눈가가 풀어져서 이상한 소리를 한다.

……아무래도 말야. 할아범이랑 집안 녀석들은 우리 관계를 오해하는 것 같단 말이지.

도읍에서 돌아온 이후, 내 행동을 저 녀석이 거의 구속하고 있는 건 사실이긴 한데.

내가 검은 머리칼을 매만지고 있는데, 전방의 연습장에서 은발의 미소녀가 병사들에게 마지막 일격을 뿌렸다. 창이 하늘로 날아간다.

"아!"

"큭!"

"져. 졌습니다!"

"그만! 백령 님의 승리."

『오오오~!!!!!!』

벽에 몰린 병사들의 창이 땅바닥에 박히는 것과 동시에, 청년 대장이 왼손을 들어 연습장 안에 환호성이 울렸다.

그런 가운데 시원스러운 표정이 무너지지 않는 공주님은 검을 넣지 않고, 나와 시선을 맞추면서 웃었다.

……격렬하게 불길한 예감이 드는데.

"자, 척영. 다음은 당신 차례랍니다?"

예상대로, 남들 앞에서 일부러 내 이름을 말했다.

나는 사서를 들고 안 들리는 척을 하면서 거부를── 칼집에 든 훈련용 검이 책상 위에 놓였다.

퍼뜩 고개를 들자, 백발백염의 노장이 함박웃음을 짓고 있었다.

"도련님. 부디 이걸 쓰시지요. 날은 죽여놓았으니 걱정하지 마십시오."

"뭐…… 하, 할아범까지, 내 편을 안 들어주는 거야?!"

"들어 드립니다. ──지금은 백령 님 편입니다만."

"배, 배신자아아아!"

비명을 지르고 있는데, 소녀의 발소리.

어쩐지 발소리가 가볍게 들리는 건 내 귀가 안 좋아져서 그런 걸까?

백령이 손을 뻗어 내 어깨에 하얀 손을 올렸다.

"아버님의 말씀이십니다.『일단 훈련이다!』……내가 부르면 얼른 오세요."

".………네."

공주님의 협박에 굴복하여, 나는 눈물 닦는 시늉을 하면서 슬금슬금 일어나 연습장의 중앙으로 갔다. 곧장 장병들이 놀린다.

"도련님, 도읍에서 놀고 있던 벌입니다~."

"백령 님을 두고서 혼자 도읍에 가는 건 틀림없이 큰 죄지."

"하지만, 맛있는 밥은 고맙습니다!"

"아니, 그건 도읍의『왕 상회』가 준비를──."

유감이지만 이 자리에 내 편은 없나 보군. 박정한 놈들.

그에 비해, 빨리도 조금 떨어진 장소에 자리 잡고 선 백령은 새침한 표정으로 긴 은발을 떨쳐냈다. 도읍으로 가기 전에 내가 준 빨간 머리끈이 동시에 뛰어 올랐다.

……훈련장에 데리고 왔을 때부터 이럴 생각이었구만?!

나는 떫은 표정이 되는 걸 자각하면서, 소꿉친구인 미소녀에게 원망을 쏟아냈다.

"어쩔 수 없네……. 다치면 네 탓이다!"

"어머? 우리 집 더부살이는 자신만만하군요. 혹시 반년간 단련을 거르지 않은 나를 이길 수 있다는 건가요?"

언뜻 평소랑 비슷하지만── 나는 알 수 있다. 어째서인지 모르지만 명백하게 기분이 좋군!

허리 양쪽에 손을 대고, 가슴을 쭉 내밀었다.

"홋…… 바보 같은 아가씨구나. 당연히 내가 다치는 거다!"

"먼저 그렇게 말한 쪽이 바보라고, 자랑하는 서책에 적혀 있지 않았나요? 자, 얼른 검을 뽑으세요. 다들 기다리고 있어요."

물 흐르듯 반론한다. 장백령(張白玲)은 나보다 영리하거든.

솔직히 말해…… 거의 모든 자질에서 내가 지고 있다. 문관으로서의 자질은 특히.

뚱한 표정을 지으면서, 볼이 부풀었다.

"그~러~셔~요. ……꼬맹이 때는 귀엽고 여동생 같았는데……."

백령의 눈썹이 움직이고, 금방 평소처럼 냉정한 표정이 되었다. 머리채의 빨간 끈을 손가락으로 매만지며 빠르게 말했다.

"……말해두지만, 이 거리라면 당신의 입술을 문제없이 읽을 수 있어요. 객관적으로 봐서 나는 지금도 그럭저럭 용모가 단정하다고 생각합니다. 그리고, 제가 누나고, 당신 같은 동생은 절대 필요 없어요."

"윽! 그, 그건 안 들리는 시늉을."

"필요 없어요."

백령이 단호한 어조로 가로막았다.

그, 그렇게까지 거부할 건 없잖아……. 꽤 사이좋게 지냈다고 생각하는데.

고민하고 있는데, 심판을 맡은 청년 대장이 말을 걸었다. 어쩐지 례엄을 닮았군.

"……그것이 ……시작해도 될까요?"

"응? 아아, 괜찮아."

"괜찮습니다."

두 사람이 동시에 대답하고 새삼 마주 보았다.

아주 약간 웃음을 흘리고, 백령이 말을 걸었다.

"반년간── 이 광경을 몇 번이고 꿈꿨어요. 얼른 당해주세요. 게으른 더부살이가 당하는 이야기, 당신의 장서에도 있었습니다."

"억지로 싸우자고 하고서는 그러는 거냐?! 그리고 내가 도읍에 간 사이에 내 책을 멋대로 읽지 마!"

그러자 소녀는 가느다란 검지를 이마에 대고, 보석 같은 파란 두 눈을 깜박이더니 신기하다는 기색으로 물었다.

"? 당신의 것은 모두 저의 것입니다. 무슨 문제가 있나요??"

"……그, 그럼, 네 건?"

조심조심 질문했다.

그러자 백령은 검을 한 번 휘두르고, 평소와 같은 어조로 질책했다.

"당연히 제 것이죠. 우문이군요?"

"포, 폭군이다…… 장백령은 폭군이다!"

"괜찮아요. 아무 문제 없습니다. 당신한테만 그러는 거니까. ──신호를."

"무슨! 너 말이야……."

"시, 시작!"

내가 불평을 다 말하기도 전에, 모의전이 시작되어 백령의 모습이 사라졌다.

땅바닥에 딱 붙어서 질주하여, 예리한 일격!

"우옷!"

나는 소녀의 기습을, 몸을 비껴내 간신히 회피했다.

후퇴하면서 날카로운 연속공격을 피하고 또 피한다. 백령의 미소가 짙어졌다.

『훈련은 실전처럼, 실전은 훈련처럼.』

의부님의 가르침을 참으로 잘 따르는구나!

문제는…… 검이 내 앞머리를 스치며 몇 가닥이 희생된 것이다. 칼날은 죽여놓았다지만, 사용자에 따라 의미가 다르다는 좋은 예다.

크게 후방으로 도약하고, 소녀에게 항의했다.

"너, 너무 진심이잖아! 맞으면 죽거든?!"

"진심이 아니면 훈련이 못 되니까요. 그리고——."

"윽!"

시원스러운 표정의 백령은 숨결 하나 흐트러지지 않고 간격을 단숨에 좁히더니, 가차 없이 옆으로 후렸다.

상반신을 비껴내자, 얼굴 옆을 검이 통과했다.

자세를 되돌려 백령의 후방으로 돌아가고자 했지만, 검으로 견제하고 백령이 아리따운 미소.

"당신에게는 맞지도 않잖아요? 오늘이야말로, 검을 뽑게 만들겠어요!"

장씨 가문에서는 어렸을 때부터 무예의 훈련을 하지만, 백령과

의 모의전에서 나는 한 번도 검을 뽑은 적이 없다. 그렇기에 조심조심 질문했다.

"──쓰면, 용서해줄──."

"용서 안 해요."

"부조리해!"

백령의 검무 같은 격렬한 연속 공격이 재개되어 발놀림으로만 피해냈지만, 반년 전의 모의전과 달리 점점 후퇴하게 되었다.

천재들은 이렇다니까! 성장 속도가 진짜 터무니없어!!

전생의 경험으로 내가 다소 우위를 가진 무재까지 웃돌지 말아줘라.

뭐, 나랑 모의전을 할 때 이상하게 기분 좋아 보이는 백령을 보는 것도 싫어하지는──.

"오?"

가벼운 충격을 느끼고, 등이 성벽에 닿았다. 소녀의 눈동자가 반짝였다.

참격을 뿌린 다음에 앞으로 한 걸음 나아가, 한 치도 용서가 없는 양손 찌르기를 하면서 외쳤다.

"제가 이겼습니다!"

──이건 발놀림만 가지고는 못 피하겠군.

몸이 멋대로 반응하여 오른손으로 소녀의 팔을 붙잡는다.

"윽?!"

자기 자신을 회전하여, 서로의 위치를 바꾸었다.

그리고 백령의 목덜미에 살짝 왼손을 대자, 머리채가 튀어 오르며 머리끈이 흔들렸다.

벽에 박힌 검이 눈에 들어와, 나는 식은땀을 흘리면서도 가볍게 말했다.

"자. 오늘도 내가 이겼군. 도읍에서 보낸 머리 장식은 안 달아??"

"…………그렇네요. 그건 보관하고 있어요. ……또, 안 뽑았어."

방금 전까지는 그렇게 기분이 좋았었는데, 검을 뽑아 칼집에 넣은 백령이 불만스럽게 동의했다.

그리고 아연해진 청년 대장을 보면서 시선으로 다음 동작을 재촉했다. 우리들의 모의전을 보는 게 처음인가 보군.

약간 늦게, 심판은 목소리가 갈라지면서 왼손을 들었다.

"처, 척영 님의 승리!"

『오오오오오!!!!!』

병사들이 갈채를 보내고, 연습장이 술렁거렸다.

"과연 도련님!"

"백령님이 지다니…….."

"저, 소대장님…… 왜 척영 님은 문관 지망인 겁니까?"

"어린 시절의 꿈이라더군. 언젠가 포기할 거다."

"두 분과 장 장군이 있으면【현】나라 녀석들 따위 두려울 것 없지!"

……아아, 또 저질렀네.

문관 지망이라면 이길 필요 없었는데. 나는 혹시 바보일지도 모르겠다.

뭐라 말하기 어려운 기분이 되면서, 소녀의 머리에 눈길을 내리고 의문을 흘렸다.

"도읍에서 머리끈도 보냈지? 하얀 거랑 파란 거. 너한테 어울릴 만한 걸로. 꽃장식은『받았습니다』라는 편지를 받았었는데, 그쪽은 혹시 도착 안 했어??"

"……도착했어요. 하지만, 이 시기에 경양은 먼지가 많으니까…… 더러워지는 게 싫어서……."

"???"

"…………아무것도 아니에요. 일단, 도착은 했어요."

내가 고개를 갸웃거리자, 백령이 팔짱을 끼고 등을 돌렸다.

기분이 틀어진 것 같은데, 그렇게까지 나쁘지는 않은 것 같기도 하고.

……여자는, 전생에서부터 정말로 알 수가 없어.

내가 탄식하자, 넓은 연습장 안에 례엄의 위엄 있는 목소리가 울렸다.

"정숙하라."

『!』

순식간에 정적.

역전의 노장은 등을 쭉 펴고 병사들을 둘러보더니 씨익 웃었다.

"네놈들, 백령 님과 척영 님의 기량, 잘 보았겠지? 우리들에게 신시대의【쌍성】이 있음이니! 언젠가── 반드시 북벌을 감행하리라! 그때 주력이 되는 것은 우리들『장가군』이다! 두 분의 발목을 잡지 않도록, 각자 훈련에 전념하거라!!"

『예! 노엄(老嚴) 님!!』

병사들이 일제히 자세를 바로잡았다. 역시 연륜이 있어.

……다만, 그게…… 나는 문관지망이지, 무관이 될 생각은…….

은발 소녀의 가는 팔이 뻗어서, 군장의 목덜미를 붙잡았다.

"? 백령??"

"옷깃이 흐트러졌습니다. 단정히 하고 다니세요. 당신은 장씨 가문의 일원이니까."

평소처럼 냉정한 말이다. 파란 두 눈에도 일체 동요가 없다.

가능하면 자기 용모를 조금은 신경 써주면 좋겠는데……. 나도 열여섯이 되는 건전한 남자니까, 그렇게 다가오면 가슴이 쿵쾅거린다.

이 녀석 남편이 되는 녀석은 매일 남들 앞에서 이런 걸 받는 건가? 심장이 몇 개 있어도 부족할 거야.

미래의 매부를 동정하면서 화제를 바꾸었다.

"아~. ……이다음엔 쉬어도 되지? 사서를 읽고 싶어."

"──단명으로 끝났으나, 처음으로 천하통일을 이룩한 황 제국의 흥망사. 도읍에서 구입했나요?"

"비싼 거라 나는 못 사지. 명령(明鈴)한테 좀 억지를 부려서 빌렸어. 편지에 썼잖아? 해적한테 습격을 받고 있길래 우연히 구했다고── 저기, 백령 아가씨?"

도읍에서 여러모로 신세를 진 대상인의 딸 이름이 나오자마자, 분위기가 무거워졌다.

우리들 곁에 다가오려던 할아범도 이변을 감지하고 재빨리 떨어졌다.

목덜미를 붙잡는 백령의 힘이 강해지고, 나를 바라보았다.

눈동자에 극한의 눈보라가 보여서, 오한이 들었다.

"……네. 알고 있어요. 제가 없는 장소에서, 저보다 먼저, 첫 출진을 한 거죠? 자, 휴식은 끝났어요. 다음은 활입니다. 그다음엔 말의 훈련을 하죠."

"어? 아니, 나는……."

"대답은 『네』 말고는 없답니다? ……어느 더부살이가 약속을 어기고, 한 달에 한 번밖에 편지를 안 보냈으니까요?"

"으극!"

아픈 구석을 찔려서, 나는 신음했다.

주변을 둘러보고 도움을 청하지만── 병사들 모두 싱글싱글 웃고 있다. 고립무원이군.

눈을 감고, 양손을 들었다.

"하아. 알았어. 알았다고. 같이 하면 되잖아? 같이 하면."

"처음부터 그렇게 말을 하세요. 갑니다."

"목덜미는, 당기지 말고!"

장병들의 웃음을 받으면서, 나는 백령과 나란히 걷기 시작했다.

어쩐지 모르게 물었다.

"……머리끈이랑 꽃장식은 써줘라~."

"……때가 오면 쓸 겁니다. 반드시."

"알았어."

담백하게 한 말 속에 쑥스러움이 느껴져서, 나는 안도했다. 마음에 들긴 한 모양이군.

봄의 따스한 바람이 불고, 내 검은 머리와 소녀의 은발이 흔들렸다.

*

『쌍성별리(別離). 황영, 거암을 베고, 【천검】을 왕영에게 맡기노라.』

그날 밤.

나는 장씨 가문의 저택에 있는 내 방의 창가에서 홀로 의자에 앉아, 『황서(煌書)』를 읽고 있었다.

저택 안에서 솟는 온천에 들어간 덕분인지, 낮에 쌓인 심신의 피로도 좀 풀린 것 같다. 때때로 부는 밤바람도 최고로 기분 좋다. 호주에는 천연 온천이 많거든.

차가 담긴 잔에 비친 초승달을 들여다보면서, 작게 독백했다.

"······꽤 극적으로 적혀 있구만. 나에 대한 게 후세까지 남아 있는 건, 꽤 묘한 기분이야······."

일어서서, 방에 놓인 거울에 자신을 비추었다.

흑발홍안(黑髮紅眼). 아직 완전히 성장하지 못한 가는 몸. 검은색 기조의 홑옷을 입었다.

의부님이 전장에서 날 거둔지 10년.

다시 말해서, 고열로 사경을 헤맨 뒤 전생의 기억을 되찾은 지 벌써 10년이 지났다.

······그렇지만 기억의 태반이 흐릿하고, 『황영봉』이었다는 의식

도 거의 없었다.

태반은 『아아, 그랬었지~』하고 떠올리는 정도이며, 그나마 이어진 것은 무재 정도였다.

의부님이 날 주웠던 당시의 기억도 쏙 빠져 있다. 기억나는 건 이번 생의 부모님이 상인이었다는 것, 그 두 사람을 따라 여행을 하고 있었다는 것 정도다.

……부모님은 경양 교외에서 도적의 습격을 받아 목숨을 잃었다고 의부님에게 들었다.

나는 사서를 집어, 다시 의자에 앉았다.

"그건 그렇고…… 설마, 영풍이 약속을 지켜 천하통일을 했을 줄이야."

전생의 내가 죽은 뒤, 맹우는 황제를 설득하여 순식간에 【연】나라와 【제】나라를 멸망시킨 모양이다.

『【천검】을 차고, 언제나 진두에서 지휘를 하지만, 단 한 번도 뽑은 일은 없음이라.』

이상하게 의리가 굳은 것도 그 녀석다워.

……그러나, 2대 황제는 천하통일을 한 뒤에도 암군의 행태가 멈추질 않았다.

자신의 유흥을 위해 백성에게 무거운 세금을 지우고 놀기만 한 모양이군.

그런 황제를 타이른 영풍마저도, 아예 반란 용의로 투옥된다.

처형되기 직전의 영풍을 구한 것은, 죽기 전의 황영봉을 도왔던 『노도』의 수비대장——.

갑자기 복도를 규칙적으로 걷는 소리가 들렸다.

"왔어요."

은발을 풀고, 목욕을 하고 온 백령이 나타났다.

약간 젖은 은발과, 옅은 파란색의 잠옷을 입은 미성숙한 몸. 가슴은 없지만, 희미한 색기는 숨길 길이 없다.

밤에 남자의 방을 찾아오는 건 안 될 일이라고 한 번 설교를 해야 하나…….

고민하는 나를 깨닫지도 못하고, 백령은 사뭇 『당연』하다는 기색으로 방에 들어와 의자에 앉았다.

——우리는 열세 살까지 같은 방에서 잤다.

그 탓도 있어서, 밤에 잠들기 전에 이렇게 찾아와 조금 이야기를 하는 것이 아직도 습관이었다.

나는 관자놀이를 누르면서, 책상 위의 천을 소녀에게 던졌다.

"……머리 안 말리면 감기 걸린다? 차 마실래?"

가녀린 손을 뻗어, 천을 잡아 머리에 올린 백령이 입을 열었다.

"조금만이요. 잠들지 못할 것 같으니까."

"네가 늦잠을 자면 이른 아침에 날 깨우지 않으니까 오히려 좋은데?"

쓴웃음을 지으면서, 희귀한 유리잔에 차를 따르고 다가가 내밀었다.

"……고마워요."

백령이 작게 말하고 잔을 받았다.

나는 등불이 걸려 있는 가까운 기둥에 기대고, 둥근 창으로 밖을 보았다.

무수한 별이 반짝이고 있지만── 북쪽 하늘에『쌍성』은 없었다.

차를 마시고 있는데, 백령이 입을 열었다.

"……그쪽이."

"응~?"

시선을 은발 소녀에게 돌리자, 고개를 숙이고 있었다.

고개를 갸웃거리며 이어지는 말을 기다리자…… 조용히 물었다.

"도읍이 더 즐거웠나요?"

──영 제국의 수도『임경(臨京)』.

50여 년 전. 【현】나라의 대침공으로 대하 북방을 잃은 제국이 정한 임시 도읍이다.

도읍의 북서부에 위치한 경양하고는 대운하로 이어져 있으며, 무수한 수로와 다리가 놓여 있는 대도시다. 인구도 가볍게 100만을 넘는다.

나는 바깥의 초승달을 보면서 순순히 감상을 말했다.

"대륙 전체에서 사람과 물건과 돈이 모이는 것은 분명하지~. 동영해(東榮海)에서 이국의 배도 직접 들어오니까."

"…………대답이 안 되잖아요."

뚱한 표정의 백령이 나를 보았다.

찻잔을 두고서 생각을 한 뒤── 일부러 손뼉을 쳤다.

"아아! 그렇군. 백령 아가씨께서는 내가 두고 가서, 아직도 삐처——."

"지금 당장 죽어주세요. 아니, 제가 죽입니다. 각오는 됐나요?"

혹한의 반응이군. 어, 어쩐지 은발도 둥실 떠오르는 것 같아…….

나는 곧장 겁을 먹고 허둥지둥 말했다.

"그, 그렇게 화내지 마. 장씨 가문의 대를 이을 딸이 그런 말을
써서야……."

"당신에게만 그래요. ……삐치지 않았어요. 첫 출진은 함께 하
자는 약속을 깬 것도 전혀 신경 쓰지 않고, 편지가 한 달에 한 번
씩만 온 것도, 거짓말쟁이라고 생각 안 해요. 정말이에요.
…………정말로, 안 삐쳤어요."

백령이 말하고, 볼을 조금 부풀리며 고개를 홱 돌렸다.

……때를 봐서 줄까 했었는데 말이지.

볼을 긁적이고, 방의 한쪽에 치워둔 가죽제 가방에서 천 주머
니를 꺼냈다.

토라진 소녀에게 건넸다.

"자."

"? ……이건??"

은발의 미소녀는 천 주머니 입구를 열고, 안에서 나전 세공이
된 작은 상자를 꺼냈다.

각각의 면에 정교하기 짝이 없는 꽃과 새가 장식되어 있다. 가
볍게 손을 흔들며 설명했다.

"도읍에서 유행하는 수입산 상자야. 동쪽 섬나라 것이라던데.
머리끈이나 꽃장식 보관용으로 좋을 것 같아서. 안 쓸 거면 안 쓰

는 대로——."

내 말이 끝으로 가면서 흐려졌다.

방이 갈라진 이후부터 냉정함이 늘어났다 싶은 은발 미소녀가, 작은 상자를 어린애처럼 바라보며 표정이 풀어져 있었다.

"——예쁘다."

"…………."

미숙하게도 눈길을 빼앗겨버렸다. ……이런 부분을 당해낼 수가 없어.

등을 돌리고, 쑥스러움을 숨기고자 빠르게 대답했다.

"의부님 명령으로 가긴 했지만…… 나는 이쪽이 더 잘 맞아! 과거에 붙을 것 같지도 않고. 노려라! 지방 문관이지!!"

영 제국은 목숨을 거는 무관보다, 서류 작업을 하는 문관의 권한이 압도적으로 강하다.

『과거』라고 불리는 초난관의 관료 등용 시험에 합격하면, 장래가 약속된 거나 마찬가지.

국가 중추에서 일하고 싶다면 필수적으로 합격해야 하지만…… 인간이 가능한가 싶을 정도로 면학에 힘을 쏟아야 한다. 그리고, 나에게 그 정도 재능은 없다.

그렇기에—— 나는 지방 문관이 되어 느긋하게 살 거라고!

작은 상자를 소중하게 천 주머니에 넣고, 단단히 끈으로 묶은 백령이 키득키득 웃었다.

"당신이 지방 문관? 안 어울려요. 에취."

귀여운 재채기군. 귀랑 목덜미가 빨개졌는걸. 나는 소녀에게 손을 흔들었다.

"이제 그만 방에 돌아가. 내일은 의부님도 전선에서 돌아오시 잖아?"

"······당신도 잔다면 그럴게요."

"독서를 조금만 더."

"그러면 저도 안 자요."

내가 『황서』를 가리키자, 백령이 즉시 부정하고 베개를 끌어안 아 입가를 가렸다.

이마에 손을 대고서, 표정을 찌푸렸다.

"너 말야······ 알았다. 나도 잘게."

"좋아요."

승리를 뽐내는 표정을 지은 백령이 양손으로 단단히 천 주머니 를 들고서 일어섰다.

그리고 경쾌한 발걸음으로 내 옆에 왔다.

──꽃향기.

어라? 내 침대랑 같은 냄새?

신기하게 생각하면서도, 상관없는 걸 물었다.

"혼자 갈 수 있지?"

"어린애 취급하지 마세요. 참니다?"

"벌써 찼잖아?!"

입보다 빠르게 움직인 소녀의 다리를 피하고, 방 밖으로 배웅 했다.

경쾌한 발걸음으로 백령이 복도를 걷기 시작하고── 금방 멈쳤다.

"내일."

"응?"

되묻고서, 말을 기다렸다.

밤바람이 불어 은발이 흔들리는 가운데, 소녀는 돌아보면서 제안했다.

"내일. 아버님이 돌아오면, 오랜만에 말 타고 나가보지 않을래요? ……셋이서."

"? 그건 괜찮은데……."

"정말요?!"

"우오."

갑자기 백령이, 어렸을 때처럼 내 품에 뛰어들었다.

──얇은 잠옷을 입고 있어서, 부드러운 언덕 둘의 감촉이 선명하게 느껴진다.

내 망설임을 깨닫지 못하고, 공주님이 들떴다.

"후후후♪ 낮에 보여줬죠? 저는 마술(馬術)이 상당히 늘었어요! 내일은 절대 안 져요. 경주해요."

"……그래. 일단은 말이다."

"? 왜 그러죠?"

신기한 표정을 지으면서, 백령이 나를 보았다.

……어째서 머리는 좋은데 눈치를 못 채냐.

볼을 긁적이면서, 어쩔 수 없이 상황을 설명했다.

"일단 떨어져. 아, 아무리 네가 가슴이 그렇게 없어도…… 말이지?"

"…………아."

점점 소녀의 하얀 볼과 피부가 빨갛게 물들었다.

괜히 천천히 떨어지고, 같은 쪽 팔과 다리를 동시에 움직이면서 복도로 갔다.

등을 돌린 채 심호흡을 반복하고── 그대로 입을 열었다.

"……잘 자요. 내일은 늦잠 자면 안 돼요?"

"아아, 잘 자. 늦잠 안 잔다."

"……흥."

쑥스러움을 숨기는 소리를 흘리며, 소녀는 물러갔다.

기척이 완전히 멀어진 다음── 나는 방으로 돌아가 『황서』를 집고 침대에 드러누웠다. 두근두근하면서 책을 폈다.

영풍이 어떻게 됐는지를 내가 알아줘야지!

*

"위험해! 위험해! 위험해앳!!!"

이튿날 아침.

나는 저택의 복도를 전력으로 달리고 있었다. 밖에서 민중의 환성과 말의 울음소리가 들렸다.

의부님── 영 제국의 방위를 한 몸으로 지고 있는 명장, 장태람이 경양에 귀환했다.

더부살이인 내가 늦잠 자서 마중을 안 나가는 건, 아주 안 좋아!

"게, 게다가, 이런 날에 꼭 백령은 깨우러 안 온다니까…… 어제 일의 앙갚음인가?!"

투덜거리면서 가능한 서두른다.

의부님의 취향에 맞추어 튼튼하게 만들어진 복도를 달려 투박한 현관 앞에 도착하자, 군장을 갖춘 례엄이 안절부절못하며 기다리고 있었다.

"도련님! 어서, 어서요! 다들 이미 정렬해 있습니다!!!"

"그, 그래!"

할아범에게 수긍하고, 서둘러 저택 밖으로 나섰다.

그러자── 정문 앞에서 장씨 가문을 섬기는 자들이 정렬해 있었다.

다들 긴장하면서도 고양된 것을 알 수 있었다.

전선의 실정을 모르는 임경에 있는 녀석들이라면 모를까, 호주에 사는 자 중에 【현】 나라의 침공을 계속 막아내는 의부님에게 감사하지 않는 자는 없다.

자랑스럽게 생각하면서, 나도 옅은 녹색을 기조로 하는 예복의 백령 옆에 서둘러 섰다.

오늘은 하얀색과 파란색 머리끈으로 은발을 묶고, 꽃장식도 앞머리에 달고 있었다.

소녀는 힐끔 나를 보고, 차갑게 한마디 했다.

"……늦어요."

"네, 네가 깨우러 오질 않아서 그래."

"…………하아."

"뭐, 뭔데."

은발의 미소녀가 손을 뻗어서, 가느다란 손가락으로 검은 머리를 빗겨주었다.

장씨 가문을 섬기는 사람들이라면 모를까, 경호하는 병사들의 시선까지 모이는데.

"어, 야."

"움직이지 말아요. ……머리가 삐쳐서 꼴사나워요. 머리맡에 예복 준비도 해뒀는데, 평소랑 같은 옷을 입고 오다니……."

말대꾸를 허용하지 않고, 백령이 내 삐친 머리를 고쳐주었다.

……깨우지 않은 건, 설마 이걸 사람들 앞에서 하기 위해서냐?!

할아범을 비롯하여 사용인들의 『사이가 참 좋으시네요. 아주 좋은 일입니다♪』라는 미지근한 시선에 견디고 있자, 저택의 정문 앞에 검은 말이 멈추었다.

내려선 것은, 엄격한 표정과 훌륭한 검은 수염, 거구가 인상적인 위장부였다.

허리에는 튼튼한 검을 차고, 몸에는 상처투성이 갑옷을 입고 있었다.

【호국(護国)】의 별명을 가진, 문자 그대로 영 제국의 수호신──장태람이다.

7년 전에【현】나라의 선대 황제가 생애 마지막으로 행한 대침공을 불굴의 투지로 버텨낸 명장.

백령의 친아버지이며, 나를 전장에서 주워 키워준 대은인이다.

"부탁하마!"

의부님은 병사에게 말을 맡기고, 문을 통과해 커다란 걸음걸이로 저택에 들어왔다.

금방 우리를 발견하고 이름을 불러준다.

"오오! 백령! 척영!"

소녀는 나를 드디어 해방해주고, 마주 서더니 우아한 동작으로 인사했다.

"──아버님, 무사히 귀환하신 것을 축하드립니, 꺅."

마지막까지 말을 하기 전에, 의부님이 통나무 같은 양팔로 딸을 가볍게 들어 올렸다.

엄격한 표정을 무너뜨리고, 큰 소리로 웃었다.

"하하핫! 또 조금 키가 큰 것 아니냐? 어렸을 적의 너는 잘 먹지도 않아서, 먼저 간 아내와 함께 밤마다 걱정을 했었다마는……. 그래그래! 아주 좋구나. 역시 척영이 돌아왔기 때문이냐!"

"아, 아버님. 다, 다들 보고 있습니다!"

백령이 못 참고서 항의했다.

의부님은 사랑스러운 딸을 땅에 내려주고, 손을 머리에 올리며 사과했다.

"응? 어이쿠, 미안하구나. 버릇이 들어서 그만. 용서하거라!"

"…………."

백령은 부끄러운 기색이면서도 입을 다물고, 금방 나를 노려보았다. 구해주지 않는 것이 불만인가 보네. 할아범에게도 시선으로 재촉을 받아서 끼어들었다.

"의부님. 전선에서 귀환하신 것 축하드립니다."

"그래! 임경과 누님은 어떻더냐?"

딸을 해방해준 명장은 수염을 매만지며 간결하게 물었다.

"……늦어요."

백령이 내 뒤로 다가와서 속삭였다. 나중에 무섭겠는걸.

"백모님께 상당히 단련을 받았습니다. 도시도 번영하고 있었지요. ……다만."

"다만?"

당대 제일의 명장이 시선으로 나를 꿰뚫었다.

──그 뭐든지 꿰뚫어 보는 눈동자는, 황 제국 초대 황제와 아주 조금 닮았다.

"아뇨. 아무래도, 저한테는 경양이 성미에 맞는 것 같습니다."

의부님은 그것을 듣고 파안했다.

다가오더니, 내 어깨를 커다란 손으로 여러 번 두드렸다.

"하하핫! 그러냐, 그렇구나!! 내일부터는 장수들과 복잡한 이야기를 해야 한다. 그 전에 이야기를 들려다오. ──례엄, 건재한가?"

"예! 나리. 무사히 귀환하셔서 참으로 다행입니다."

"뭘, 성에 틀어박혀 눈싸움을 한 것뿐이야. 현 나라 황제는 무시무시하게 신중하고 유능한 사내다. 7년 전에 선대 황제가 급사했을 때, 전군을 지휘하여 추격하는 우리를 어엿한 지휘로 막아냈지. 그때 나이가 열다섯. 게다가 첫 출진이라지 않나? 지난 7년간 더욱이 성장했을 것이야. ──어떻게든 도읍에서 원군을 끌어내야 할 텐데."

우리들과 떨어져서, 의부님이 할아범이나 다른 사람들과 이야기를 나눈다.

이걸로 어떻게든── 백령이 소매를 당겼다.

함께 지낸 세월이 길어 이해한다. 『어제 같이 나가자고 했던 거!』.

……약속을 했었지.

모두에게 환영을 받고 있는 명장의 커다란 등에 말을 걸었다.

"아~. ……의부님. 부탁이 있습니다만."

그러자 영웅은 즉시 돌아보았다.

"? 무슨 일이냐?? 뭔가── 헉! 혹여, 너도 백령처럼 해주길 바라는 게냐?! ……미안하다. 내가 눈치를 못 챘구나. 용서하거라! 자, 이 아비의 품에 뛰어들어──."

"아닙니다. 아닙니다. 어느 공주님과 달라서 그런 취미는 없습니다!"

"…………."

황급히 부정하자, 백령이 왼손의 손등을 꼬집었다.

미소녀에게 항의의 시선을 보내면서 제안했다.

"진정된 다음이라도 괜찮으니, 잠깐 말이라도 달리지 않으시겠습니까? 옛날처럼 셋이서."

명장은 눈을 크게 뜨고, 놀란 기색을 보이더니── 이어서 파안했다.

"좋구나! 나 장태람!! 다소 나이를 먹긴 했다만 아직 아이들에게 지진 않는다. 늦지 말고 따라오거라!"

*

　백령과 의부님의 말을 내가 따라잡은 것은, 경양 북방의 이름 없는 언덕이었다.

　"척영! 여기다."

　의부님이 단련된 왼팔을 흔들기에 고개를 끄덕이고, 말을 위무하면서 몰았다.

　훌륭한 백마를 탄 백령 옆에 멈추자, 불만스럽게 한 마디.

　"……늦어요. 몸이 안 좋은 건가요?"

　"최선을 다한 거야."

　어깨를 으쓱이면서 응답하고, 나는 눈웃음을 지었다.

　호위하는 기병들이 따라오고 있는 건 말 안 하는 게 좋겠지.

　멀리 전방에 회색 성채로 그려진 선이 보였다.

　——저곳이 영 제국의 북방 한계다.

　높은 곳으로 올라가면【현】나라뿐 아니라, 경양의 북서에 위치한 교역국가【서동(西冬)】도 보인다. 우리 나라에게는 100년의 우방이다.

　의부님이 말을 쓰다듬으며, 딸을 칭찬했다.

　"백령, 훌륭하구나! 하하하. 설마 딸에게 질 줄이야."

　"단련하고 있으니까요. 편지로 알린 도적 토벌 건, 이걸로 납득을 해주시는 거겠죠?"

　"오냐. 오늘 밤에 례엄과 이야기를 해서 정하마. 너도 열여섯. 이제 그만 첫 출진을 해야 하리라 생각하던 참이야."

"?! 첫 출진으로 도적 퇴치를…… 그러면 나도."

"문제없어요. 당신 손도 안 빌립니다."

어조와 시선으로 짐작했다. 설득은 무리군.

……하지마안, 아직 조금 이르다고 생각하는데.

내가 꾸물거리고 있는데, 의부님은 시선을 저 멀리 북방의 하늘로 보냈다.

"지금으로부터 50여 년 전── 우리들의 조부모, 부모는 【현】나라의 구름떼같은 대기병 군단에 패해, 북방을 잃었다. 이후로, 대하 남쪽 기슭에 성채를 쌓아 놈들을 막아내고 있다만…… 그것만으로는 부족하다. 언젠가 기회를 보아 북벌을 감행해야 한다."

『북벌』── 잃어버린 대하 이북 탈환은 영 제국의 비원이다.

그러나, 한 번 도읍에서 살아봤기에 알 수 있다.

최전선에서 계속 싸우는 장병이나, 실제로 적국의 위협에 노출되어 있는 호주의 백성과, 도읍에서 번영을 구가하는 자들 사이에는 커다란 의식의 괴리가 있다.

──마치, 과거의 황 제국처럼.

백령이 조용히 물었다.

"아버님. 전선의 장수들은 어떤 생각인가요?"

"나와 같은 의견이다. 그러나…… 자금도 물자도, 병사도 우리들만으로는 도저히 충분하지가 않아. 마지막은 황제 폐하의 결단에 따라 다르겠지. 궁중의 의견도, 『북벌파』와 『유지파』로 갈라진 모양이다."

……갈라져 있는 것뿐이라면 좋겠다만.

문제는 『전쟁을 일절 바라지 않는다. 그걸 위해서라면 굴욕적인 강화를 해도 상관없다』라는 작자들이 적지 않다는 것이다. 의부님이 엄격한 표정을 더욱 험하게 찌푸렸다.

"제위를 전장에서 이은【현】나라 황제 아다이는 우리들과 대하에서 대치하는 한편으로 대륙의 머나먼 북방에 펼쳐진 대초원의 부족들을 스스로 치면서도 불패. 영토를 크게 넓혔다. 또한, 천하통일에 집착하고 있다는 소리도 들리더군. 우리들의 틈을 찔러 반드시 침공을 해올 것이야."

도읍에서 그 이름을 여러 번 들었다.

『말을 안 들으면, 백귀(白鬼) 아다이가 온다!』

부모가 자식들에게 겁주는 말로 쓸 만큼, 이국의 황제는 두려움의 상징이었다.

의부님이 전의를 끓어 올리며 포효했다.

"그러나── 우리들이 쌓은 성채군 또한 철벽! 당분간은 전선이 움직이지 않을 것이다."

"아다이는 그렇더라도, 휘하의 장수는 움직이지 않을까요?『사랑(四狼)』이라는 맹장들이 각지에서 맹위를 떨치고 있다 들었습니다.【서동】도 경계하고 있다고……."

나는 무심코 끼어들었지만, 옆모습을 응시하는 백령을 깨닫고 말을 머뭇거렸다.

의부님이 수염을 매만지며 칼집을 두드렸다.

"호오…… 척영, 잘 아는구나. 역시 무관이 맞아!"

"도, 도읍에서 조금 들은 것뿐입니다."

"하하핫. 언제 전향을 하든 상관없다. ──놈의 휘하에 네 명의 맹장이 있는 것 또한 사실이야. 그중에 내가 전장에서 직접 부딪힌 것은『적랑(赤狼)』구엔 규이. 극의 날카로움이 내 눈에 새겨져 있지. 과감한 돌격을 반복하는 성가신 상대였어."

"……흑."

백령이 입술을 깨물었다.

군을 경시하여 만성적인 병사 부족으로 신음하고 있는 영 제국과 달리, 현 제국의 군은 강대하다.『사랑』중 하나가 부리는 휘하의 부하들마저,『장가군』의 전체 병력과 필적할 수 있다.

의부님이 말머리를 돌렸다.

"그러나, 구엔은 아다이의 역린을 건드렸다고 하더군. 이미 놈들의 연고지인【연】나라 땅── 북부 대초원으로 물러간 모양이다. 걱정 없어."

나도 그 이야기를 도읍의 명령에게 들었다.

그러나…… 현 나라 국내에서 신성시마저 받고 있다는 아다이란 남자가, 그 정도로 그릇이 작을 것인가? 문득 후방을 둘러보자, 호위 기병이 멀리 보였다.

의부님도 발견했으리라. 우리들에게 지시를 내렸다.

"해가 떨어지기 전에 돌아가자. 백령. 도적 토벌 건은 허가하마. 다만, 조바심은 금물이다! 며칠에 걸쳐 부대를 편성하고, 척영을 데리고──."

"이랴!"

그러나, 백령은 의부님에게 대답하지 않고서 고삐를 당기더니 말을 몰았다.

은발을 나부끼면서, 순식간에 작아졌다.

보기 드물게 한숨을 쉬고서, 의부님이 쓴웃음을 지었다.

"난처한 일이구나. 저런 완고한 부분은 제 어미를 쏙 닮았다만…… 누님의 제안으로 너만 도읍에 보낸 것이 안 좋았을지도 모르겠다. 설마 신진기예라는 대상인 왕씨 가문의 딸을 네가 해적에게서 구하며, 첫 출진을 해버릴 줄은…….『따라잡는다, 따라잡아야 한다』생각하여 성급해진 거겠지. 백령은 네가 자길 두고 앞서가는 것을 병적으로 두려워하니까."

"……그렇지는."

"맞다. 나도 그런 경험을 꽤 한 적이 있어."

대은인의 묵직한 말에 나는 아무 말도 못 했다.

……일단, 도적 퇴치 때 도우러 갈 준비는 해야겠군.

내 침묵을 어떻게 받아들였는지, 의부님이 씨익 웃었다.

"뭐 좋다. 일단 돌아가자꾸나! 도읍 이야기, 기대하고 있다."

＊

"그러면 다녀오마. 백령아. 도적 토벌 건은 분명히 허가했다. 허가는 했다만……."

"괜찮습니다. 무모한 짓은 하지 않아요. 어느 자칭 문관 지망자하고는 다르니까요."

셋이서 말을 몰고 나섰던 며칠 뒤. 이른 아침 장씨 가문 저택 앞이다.

예복을 입고서, 장수들과 회담을 하러 가는 의부님이 말 위에서 몇 번째인지 모를 주의를 군장을 갖춘 딸에게 고하고 있었다.

어젯밤에 나도 에둘러 설득을 했는데…… 결심이 바뀌지 않았다.

과보호일지도 모르지만, 불안하군.

언뜻 냉정해 보이는 백령에게, 뜨거운 장씨 가문의 피가 흐르는 걸 나는 알고 있었다.

의부님도 우려하는 기색으로 나를 보았다.

"……척영아. 무슨 일이 있으면."

"바로 알리겠습니다."

"부탁하마."

묵직하게 고개를 끄덕이고, 의부님은 출발했다. 그 뒤를 최정예의 호위가 따랐다.

그 대열을 배웅하고, 백령은 곧장 몸을 돌렸다.

저택 안에 들어가자마자, 담담한 어조로 고했다.

"저도 곧 출발합니다. 저녁까지는 끝나겠죠."

"──설희(雪姬)야."

나는 반사적으로 아명을 불러버렸다. 소녀가 발길을 멈추고, 시선이 교차했다.

파란 두 눈에서 굳은 의지가 보였다.

"무슨 말을 해도 소용없어요. 장씨 가문의 딸로서, 백성을 해하는 자를 용서할 수 없습니다. 따라오면 안 돼요? ……자기가 먼저 출진을 마쳤다고 해서, 어린애 취급하지 말아요."

그렇게 말하고, 백령은 마구간으로 갔다.

나는 이마를 누르고, 교대하듯 다가온 례엄에게 확인했다.

"……할아범. 빈틈은 없지?"

"호위는 정예기병을 1백. 도적의 수는 사전 정찰에 따르면 고작해야 스물 정도입니다. 도련님 지시대로, 만에 하나를 대비해 후속 병력도 준비는 해뒀습니다. 걱정하지 마십시오."

"그렇지…… 그렇겠지."

나는 구름 한 점 없는 하늘을 올려다보았다. 날씨도 괜찮을 거야.

가능한 수는 다 썼고, 백령 자신의 기량에도 부족함이 없다.

분명히 아무 일 없이 출진을 마치고, 오늘 밤에는 온갖 자랑을 하러 오겠지——.

장백령은, 도읍에 간 소꿉친구의 편지가 줄어들기만 해도 삐쳐 버릴 만큼 외로움을 타는 녀석이니까.

이변이 일어난 것은 점심을 다 먹은 직후였다.

바깥 뜰에서 사서를 읽고 있는데, 먼저 『빠직!』하고 부지 안의 목재가 부서지는 소리. 그 직후에.

"위, 위험해!"

"부, 붙잡아라!"

"저건, 백령 님의?"

사용인들의 비명이 울렸다.

책을 탁상에 두고서, 일어선 직후——.

"우왓!"

나를 향해 아름다운 백마가 달려왔다. 지독히도 흥분한 기색이군.

"너…… 백령의『월영(月影)』이냐? 그 녀석, 너를 타고 가지 않았던가? 어이쿠."

백마는 뭔가 호소하듯 나를 바라보고, 소매를 물었다. 범상치 않군.

설마, 그 녀석에게 무슨 일이—— 쿠당탕 달리는 소리가 나고, 안면이 창백해진 례엄과 왼팔에 피로 물든 천을 감은 남성 병사가 나타났다. 요전에 연습장에서 심판을 맡아준 청년 대장이군.

내 얼굴을 보자마자 할아범이 외쳤다.

"도련님! 백령 님이…… 백령 님이!!"

"——례엄, 진정해."

"'윽!'"

조용히 명하자, 할아범과 병사가 숨을 삼켰다.

그 사이에 천을 집어 백마의 목덜미를 닦아주며 물었다.

"무슨 일이 있었지?"

"도련님께 짧게 보고하라."

"예, 예."

청년 대장은 몸을 떨면서 초조한 기색으로 이야기하기 시작했다.

"……그렇군. 목적지인 요새 폐허에 도착할 때까지는 순조로웠다. 곧장 돌입했더니, 도적이 모두 살해당해 있었다. 그 직후 언덕 뒤에 숨어 있던 기병 약 2백에게 포위되어 말의 태반을 잃었다. 그리고, 너를 포함한 몇 명이 지원을 부르기 위해서 탈출했다. 맞나?"

"……예. 죄송합니다."

질책이라고 착각했는지, 청년 대장이 머리를 땅에 댔다.

장씨 가문의 본거지인 경양 근처에, 의문의 기병이 2백이라──그냥 도적은 아니겠군.

나는 무릎을 굽혀 울고 있는 청년 대장의 어깨를 두드렸다.

"잘 알려줬다. ──할아범, 상대는 틀림없이 도적이 아니다. 이대로는 그 녀석도 병사들도 위험해."

"예! 그, 그러나, 놈들은……."

"자세한 건 전부 나중이다. 준비해둔 지원군 지휘를 부탁하지. 나는 선행한다."

만의 하나에 대비하여 의자 옆에 세워둔 검을 잡았다.

이름은 없지만 튼튼한 검이다. 지금 내 체격으로는 쌍검으로 마상 전투를 하는 건 아직 어렵다.

우리가 이야기하는 사이에 안장이 준비된 백마에 올라타자, 역전의 례엄이 표정을 찡그렸다.

"도련님!"

"괜찮아. 문관 일보다는 거친 일이 익숙하니까. ──그리고."

나는 짤막하게 책략을 전달했다.

"척영 님! 활과 전통입니다!"

백령의 시녀── 옅은 다갈색 머리칼이 어깨까지 오는 늘씬한 조하(朝霞)가, 활과 전통을 건네주었다.

　나랑 함께 도적 퇴치에 반대한 결과 토벌대에 포함되지 않았지만, 본인도 경갑을 입고서 허리에는 투박한 검을 찼다. 장씨 가문을 섬기는 자들은 긴급 시에 남녀를 가리지 않고 전장에 나선다.

　소란스러운 저택 안에서, 노장은 나를 바라보고—— 가슴을 두드렸다.

　"말씀 잘 알겠습니다. 만사 이 노인에게 맡기십시오!"

　"부탁할게, 의부님에게도 곧장 파발을 보내고. 정파(庭破)는 할아범의 길 안내를 부탁한다."

　"! 제, 제 이름을……?"

　상황을 따라가지 못해 멍하니 있던 청년 대장이 눈을 부릅떴다.

　나는 쓴웃음을 짓고 한쪽 눈을 감았다.

　"식솔들 이름 정도는 전부 기억해야지. 할아범의 친척이라면 더욱 그렇고. 부탁한다!"

　"예, 예!"

　"좋아! ——다들, 걱정하지 마라! 백령은 내가 반드시 구해낸다!! 저택에 남은 자는 더운물과 밥, 그리고 치료 준비를 해다오."

　『! 예!!』

　상황을 살피던 사용인들이 튕기듯 달려갔다.

　"네 힘을 빌려다오."

　백마의 목덜미를 쓰다듬고 말을 걸자, 소리 높여 울었다.

　뜰에서 저택 앞의 길로 나섰다.

　"도련님!"

례엄의 목소리가 등에 닿았다.

돌아보자, 하얀 수염을 흐트러뜨리며 필사적인 형상으로 호소했다.

"부디…… 부디 몸을 소중히 여기십시오! 당신께 무슨 일이 생긴다면……."

"괜찮아. 나는 죽을 장소를 침대 위로 정해놨거든."

"척영 님!"

돌아보지 않고 왼손을 들면서 다리로 백마에게 지시를 내리자, 즉시 질주하기 시작했다.

거리를 걷고 있는 주민들이 황급히 도망치는 걸 보며 나는 독백했다.

"난처한 공주님이야. 네가 죽으면 누가 나랑 밤에 이야기를 하는데!"

*

"윽!"

경양 서방에 펼쳐지는 대초원. 그 작은 언덕에 있는 요새 폐허.

나—— 장백령이 석벽에 숨어서 쏜 화살은, 섣불리 접근하고자 한 적 기병의 팔을 꿰뚫어 물렸다.

"이 자식들아! 백령 님만 쏘게 만들면 되겠냐!! 버텨라!!!"

『예엡!』

고참병이 두꺼운 목소리로 병사들을 질타하자, 차례차례 화살을 쏘아낸다.

그러나 앞으로 나선 가죽제 방패를 가진 다른 기병에게 막혀 한 기도 쓰러뜨리지 못했다.

그러긴커녕, 내가 방금 전 물려낸 기병마저도 낙마하지 않고 후방에 자력으로 물러났다.

믿을 수 없는 훈련도다.

"역시…… 그냥 도적이 아니야? 설마 【현】 나라의 척후?"

강한 공포를 느끼고, 이가 딱딱 부딪힐 것 같았다.

왼손에 든 활이 떨리는 것을, 오른손으로 억눌렀다. 필사적으로 방어해주는 병사들이 눈치 채면 안 된다. 사기가 떨어진다.

그러나…… 다소나마 고지를 점했고 석벽이 있다고는 해도, 이대로는.

피 맛이 날 정도로 입술을 깨물고, 자기자신을 질타했다.

한심하기는. 두려워할 때가 아니잖아, 백령!!

너는 장태람의 딸이고—— 뇌리에 표홀한 척영의 얼굴이 떠올라서 울어버릴 것 같아졌다.

나, 혼자서는 이렇게………….

충격을 받고 있는데, 주위에서 필사적으로 활을 쏘아 기병이 다가오지 못하도록 하는 병사들이 결사적인 형상으로 호소했다. 다들 부상을 입었다.

"백령 님."

"저희가 혈로를 뚫겠습니다."

"부디, 탈출하십시오!"

"아가씨께서 이런 곳에서 죽으면, 장 장군과 도련님을 뵐 낯이 없습니다!"

"도망치십시오!"

──경갑 안의 가슴에, 파헤치듯 날카로운 통증이 흘렀다.

요새 폐허 주위는 초원이 펼쳐지고, 시야가 좋았다.

그렇지만 언덕에 시야에 벗어난 곳이 있었다……. 언덕 아래 음지에 숨어 있던 의문의 군세에게 기습을 허용하여 포위된 것은 지휘관인 내 실수다.

그 결과 무수한 화살에 노출되어 말의 태반을 손실.

살아남은 몇 기에게 구원 요청을 맡기는 수밖에 없었다. ……과연 몇 기가 경양에 도착했을지.

그리고 지금, 내 조잡한 판단은 백을 넘는 아군을 죽이고 있었다.

이를 악물고, 방금 전보다 확실하게 가까워진 적 기병에게 화살을 쏘며 감사를 표했다.

"고마워요. ──하지만."

이어서 화살을 쏘아, 제1사를 피해낸 기병의 허벅지를 꿰뚫어, 이번에야말로 낙마에 몰아넣었다.

"걸어서 뿌리칠 수는 없을 겁니다. 놈들은 명백하게 우리들의 전멸을 노리고 있어요. ……내 실수입니다. 정말로 미안해요."

『………….』

주변의 병사들이 숨을 삼키고, 손에 든 활과 창을 떨었다.

우리들이 가진 화살은 얼마 남지 않았다.

"그러나!"

적이 쏘아낸 화살이 석벽에 튕기는 소리를 들으며, 결의를 고했다.

"나는 장태람의 딸입니다. 욕을 당할 바에는 죽음을 택하겠어요. 그리되기 전에, 여러분이 시간을 벌어주었으면 합니다. 그리고──."

적 전역의 중앙부에 있는 붉은 머리와 수염의 사내가, 심홍의 끈이 묶인 창을 들었다.

기병들이 반월 모양의 검을 뽑았다. 돌격할 셈이군.

"제 피부에 닿아도 되는 사내는, 육친 말고 이 나라에 한 명밖에 없어요. ⋯⋯비밀로 해주겠죠?"

『크!』

눈을 부릅뜨고, 병사들이 말을 잃었다.

그다음── 웃음이 퍼졌다.

"그것은 참으로⋯⋯."

"점점 더 죽게 둘 수는 없겠습니다!"

"참으로, 참으로 그렇지!"

"그 사람에게 원망을 들을 겁니다."

"도련님도 죄가 많으시구먼!"

사기가 조금은 회복된 것 같아.

키득, 웃고서 지시를 내렸다.

"옵니다. 화살을 다 쏜 자는 백병전 준비를 하세요!"

『예!』

창을 겨누고, 검을 뽑고, 상처를 입은 자들마저 단검을 잡았다.

직후에 적 지휘관이 어마어마한 호령을 했다.

"몰살하라."

『죽여라! 죽여라!! 죽여라!!!』

적 기병의 무리가 달리기 시작하고, 후위는 무수한 화살을 쏘면서 공격해왔다.

나도 반사적으로 명령.

"적을 쓰러뜨릴 생각은 마세요! 부상을 입혀 후퇴한다면, 그것만으로 공세가——."

"백령 님! 적이!!"

눈앞에서 마치 살아 있는 것처럼 기병의 무리가 몇 개의 무리로 나뉘었다.

이쪽이 쏜 화살도 흩어지고, 효과가 감소한다. 단숨에 거리를 좁혀 버린다.

"큭!"

나 자신도 요새 폐허의 바로 옆까지 다가온 기병에게 화살을 쏘았다.

그러나—— 방패에 막혀, 기어이 침입을 허용하고 말았다.

"죽여라!"

석벽을 뛰어넘어 휘둘러 내린 곡검을 활로 받아냈지만, 꺾여서 부러졌다. 바닥을 구르며 검을 뽑았다.

2기, 3기, 4기—— 간신히 공격을 버텼지만,

"꺅."

다섯 기째가 내지른 창으로 검이 튕겨 나가 버렸다.

주위에서 병사들이 필사적으로 싸우고 있었다.

『백령 님!!!!!』

나를 구하려고 휘두르는 검이 차례차례 막혀 버렸다.

자신의 우위를 확신하고, 적 기병의 얼굴에 야비한 희열이 떠올랐다.

피부가 그을렸고, 머리 색도 짙다.

명백하게…… 이 나라의 백성이 아니다.

나는 눈물을 참으면서 단검의 자루를 잡고, 작게 작게 이름을 불렀다.

"……척영."

기병은 창을 내지르면서 뭔가 나에게 말하려다가,

"크헉?!"

"…………어?"

화살이 목덜미를 꿰뚫어, 말에서 떨어져 절명했다.

상황을 이해하지 못하고 있는데, 요새 폐허 밖에서 차례차례 화살이 날아왔다. 승리를 뽐내던 적 기병의 이마를, 목을, 심장을 가차 없이 꿰뚫어 쓰러뜨렸다.

무, 무슨 일이……

갑자기 내 근처의 벽에 화살이 박혔고, 비틀거리며 다가가 보니 종이가 감겨 있었다.

──두근.

심장이 크게 뛰었다.

서둘러서 내용을 확인하자, 그곳에는 누구보다도, 아버님보다도 익숙한 글자.

『할아범과 조하가 구원을 데리고 온다. 그때까지 버텨라. 오늘 밤에 설교!』

마음에서 용기가 솟는다. ……바보.

나는 굴러다니는 창을 주워 병사들을 고무했다.

"다들, 힘을 내요! 금방 지원이── 례엄이 올 겁니다!!"

『오오오옷!!!!!』

나와 마찬가지로 상황에 당황하던 병사들이 환희에 끓어오르고, 남은 적 기병을 몰아냈다.

──할 수 있어. 이거라면, 아직!

전의를 태우고 있는데, 전장 전체에 어마어마한 호통이 울렸다.

"들어라! 이 도적놈들! 내 이름은 장척영!!! 【호국】장태람의 아들이로다!!!! 내 목을── 가져갈 수 있다면 가져가 보아라!!!!!"

『윽?!』

요새 폐허 안의 병사들이 서로서로 마주 보며 경악하고, 목소리가 들린 쪽에 차례차례 시선을 돌렸다.

적 기병의 등 뒤쪽 언덕에서, 검은 머리의 소년이 백마를 몰면서 활을 들고 있었다.

상황은 아직도 위기다. 그런데, 마음속에서 안도가 퍼지는 걸 멈출 수 없다.

물론—— 이름을 밝히고 자신의 목숨을 간단히 미끼 삼는 것에 주저가 없는 것. 그에 대해서는 강한 의분을 느끼기도 하지만, 흘러넘칠 것처럼 압도적인 기쁨에 지고 말았다.

분명히 고집 센 나를 걱정하여, 금방 구하러 올 수 있게 준비를 해두고 있었으리라.

그 녀석은, 척영은 언제나 나를—— 백마가 움직이는 것과 동시에, 적진을 정찰하고 있던 젊은 여성 병사가 외쳤다.

"적군의 약 절반! 척영 님을 따라갑니다!!"

나는 강하게 주먹을 쥐었다.

——바보, 바보 척영! 돌아가면, 하고 싶은 말이 잔뜩 있어!

양 볼을 두드리고, 병사들에게 지시를 내렸다.

"다들 무기를 잡아요! 지원이 올 때까지 우리들도 살아남아야 합니다!!"

※

요새 폐허를 둘러싼 기병의 약 절반을 끌어낸 나는, 백마를 몰아 달렸다.

후방에서 명백하게 숙련된 기병의 무리.

가지고 있는 검이나 창은 이국의 것으로 보이지만…… 자세히는 알 수 없다.

수는 약 100. 제대로 상대하기는 싫군.

──그러나.

"소꿉친구 겸 생명의 은인 한 명도 구하지 못해서야, 사내로 태어난 의미가 없지."

독백하면서, 화살을 세 대 잡아서 돌아보고,

『?!』

선두를 달리는 3기의 어깨를 꿰뚫어 낙마시켰다.

흐릿하게 떠오르는 『황영봉』의 궁술과 비교하면 아직 조잡하지만── 충분해!

속사하여, 낙오자를 늘리는 것에 주력했다.

백마는 그동안에도 훌륭한 질주를 보여주며, 적 기병과 거리를 유지하고 있었는데,

"오?"

적이 대열을 풀고 각개 돌격을 개시했다.

개개인의 기량을 믿는 임기응변의 전술 판단. 적의 지휘관이 상당한 강자로군.

그러나, 요컨대 접근해오는 녀석부터──.

"……다 썼군."

그렇게 많던 화살이 비어 있었다.

선두에서 돌진하는 붉은 머리의 적장이 붉은 천이 감긴 창으로 나를 가리켰다.

"놈은 화살이 떨어졌다! 죽여라!!"

"예!!!!!"

적 기병이 검을 겨누고 속도를 올렸다.

백마도 피로가 쌓였군. 거리가 줄어들고 있었다.

나는 즉시 판단하여 활과 전통을 내던지고 방향 전환.

허리에서 검을 뽑아 선두를 달리는 2기를 향해 돌진했다.

""죽어라!""

승리를 확신한 남자들의 얼굴에 잔혹한 미소.

곡검의 칼날이 나를 찢어내고자 번뜩이고──.

『?!!!!』

옆을 지나면서 검으로 가죽 갑옷과 함께 몸통을 베어 버린다!

피가 뿜어져 나오는 가운데, 적 기병들은 무슨 일이 일어났는지 이해 못 하고 절명했다.

『!』

돌진해오는 적군의 기세가 둔해지는 가운데, 나는 백마를 몰아 적장과 시선을 맞추었다.

늑대처럼 날카로운 눈빛. 피부에 소름이 돋는다.

──이 녀석, 무시무시하게 강하다!

적장 옆에 있던 늙은 기병이 말을 걸었다. 작은 소리라 안 들렸지만 입술을 읽었다.

『구엔 님──』

! 설마…… 【현】나라의 『적랑』?! 네 명의 맹장 중 한 명인가!

대하와 의부님이 쌓은 요새를 어떻게 돌파한 거지?

아니, 그보다도, 어째서 이 녀석들이 이런 곳에 있지?

경악을 겉으로 드러내지 않도록 주의하며 나는 검을 다시 겨누고, 백마를 세웠다.

"미안한데. 아까 그건 거짓말이야."

"……뭐라고?"

적장은 의문스럽게 나를 보았다.

잔존 적 기병의 수는 약 50.

그에 비해 내 검은 한계에 가깝다.

……전생에서도 그랬지. 내 힘을 버틸 수 있는 검은 그리 많지 않아.

한쪽 눈을 감고, 어깨를 으쓱거렸다.

"내 이름은 그냥 척영. 장씨 가문 인간이 아니다. 장 장군에게 호되게 당한 적 있는 너희들이라면── 현 제국의 기병이라면 이 도발에 걸릴 거라 생각했지."

"…………."

적장이 입을 다물었다. 당연하지.

나는 솔직하게 질문했다.

"이봐……. 어떻게 대하를 건넜지? 장 장군이 구축한 경계망은 완벽해. 몇 명이라면 모를까, 백 단위를 놓칠 리 없다. 기병이라면 더욱 그렇고. 아아, 정면으로 돌파한 것이 아닌 건 알고 있어. 가르쳐주지?『적랑』구엔 나리."

"──이번에야말로 죽여라."

『예!!!!』

적장의 짧은 지시를 받아, 적 전열이 곧장 반응하여 돌진했다.

수는 다섯 기. 나도 곧장 백마를 가속했다.

"어이쿠."

선두에 선 창기병의 찌르기를 튕겨내고, 검을 휘둘러 그대로 몸통을 쓸었다.

검이 삐걱거리는 걸 느끼며, 창을 빼앗아 옆에서 공격하려는 궁기병에게 투척.

"으랏차!"

"윽?!"

창이 가죽제 갑옷을 가볍게 관통하는 것을 보며, 돌진해온 검기병과 검을 나누었다.

──금속음이 울려 퍼지는 가운데, 단숨에 밀어내 검과 함께 양단.

남은 2기는 좌우에서 공격해오지만,

"""~~~윽?!"""

기선을 제압하여 오른쪽, 왼쪽에 각각 일격. 마상에서 적병이 굴러떨어져 움직이지 않는다.

"죽어라앗!!!!!"

"누가 죽겠냐!"

다섯 기 다음에 돌진해온 적장과 스치면서, 몇 번인가 칼날을 섞었다.

일격을 받아낼 때마다 손이 저릿하다. 이 녀석…… 상상 이상으로 강해!

"제법이군! 젊은 범이여!!"

어쩌다 보니 단기 승부의 형태가 됐군. 말을 반전시키며 붉은 수염의 적장이 외쳤다!

나는 백마를 돌리면서 야유했다.

"그러는 당신은 생각보다 대단치 않은걸!"

"말을 잘하는군! 네놈의 목을 취해, 방금 그 계집 앞에 보여주마! 그 뒤에, 욕을 보여주지!!"

"그걸 내버려 두겠냐!"

서로 말을 몰면서—— 검과 창이 부딪히고, 섬광이 흩어졌다.

목을 노리는 상대의 찌르기를 검으로 튕겨내자, 불길한 감각.

검신이 중간에서 부러지고, 시야를 벗어나 공중으로 날아갔다. 적장의 입이 가학을 드러내며 일그러졌다.

그 순간—— 몸이 무의식적으로 움직였다.

부러진 검으로 창의 자루를 힘껏 쳐서 베고, 허리에 찬 단검으로 목덜미를 노려 찌른다.

"무슨?!!!!"

맹장은 몸을 틀어 공격을 피하고, 말을 몰아 거리를 벌렸다.

——피가 튀어, 내 군장을 적셨다.

부하들에게 둘러싸인 적장이 왼쪽 볼을 만졌다. 그곳에—— 깊은 상처.

눈을 부릅뜨는 맹장에게 씨익 웃었다.

"미안하네. 나는 활보다——."

"쏴, 쏴라!"

구엔 옆에 있던 노병이 명령하자, 적 기병이 활을 쏘았다.

반이 부러진 검과 단검으로 십수 대의 화살을 쳐내고,

"검이 더 강하거든!"

사납게 웃었다. 적병의 눈동자에 공포가 떠오르고, 늙은 기병이 비명을 질렀다.

"북방에 사는 늑대의 자손인 우리를, 단기로 압도하는 인마일체의 무용…… 마치…… 마치, 고대의 【황영봉】 같지 않은가?!"

──바람이 새로운 흙냄새를 몰고 온다. 그 냄새에 괜스레 우쭐해져 상대를 위협했다.

"후후후…… 들켜버렸군. 그래. 내가 황 제국의 대장군, 황영봉의 전생이다. 죽고 싶은 녀석부터 덤벼봐라!"

『~~~큭!』

적 기병들이 확실하게 동요를 보이고, 말들도 격하게 투레질을 했다.

……더 이상 싸우면 내가 죽을 거야.

왼쪽 볼에서 피를 흘리는 적장이 창을 드높이 들었다. 붉은 천이 바람에 나부꼈다.

"──정숙하라. 그 영웅은 천년도 전에 죽었다."

좋은 장수인걸. 재기가 빨라. 나는 혀를 내밀며 웃었다.

"들켰군. ……그러나."

부러진 검으로, 적 부대의 후방 언덕을 가리켰다.

적군에게 오늘 최대의 동요가 흘렀다.

"도박은 내 승리다."

─── 『장(張)』.

  금실로 테두리를 두른 군기가 펄럭이고, 기병이 정렬해 있었다. 어마어마한 흙먼지가 피어오른다.

  나는 기회를 잡아 위협했다.

  "자 어때? 무시무시한 장태람이 오는걸? 얼른 자기들 나라에 안 돌아가면 몰살해 버릴 거다. 죽으면 귀중한 정보를 가져갈 수 없지. 자…… 어쩔래??"

  "…………."

  구엔은 무표정을 유지하며 말머리를 돌렸다.

  전장 전체에 뿔피리가 울려 퍼지고, 기병들은 훌륭한 훈련도를 보이며 **서북** 방향으로 퇴각했다.

  ……어떻게든 됐군.

  온몸의 힘이 빠지는 걸 느끼며 방심하지 않고 관찰하는데, 스스로 최후미를 맡은 적장이 언덕 위에서 돌아보았다.

  "장척영!!!!!"

  나도 남 말은 못 하지만, 터무니없는 목청이군. 짐승의 포효에 가깝다.

  심홍의 끈이 묶인 창을 내밀었다.

  "그 이름── 잊지 않겠다! 다음엔 내 극으로 그 목을 받아가마!!!!!"

일방적으로 말하더니, 남자의 모습이 언덕 뒤로 사라졌다. 놈도 전력은 아니었군.

"……두 번은 싫거든."

부러진 오른손의 검에 눈길을 내리고 표정을 찌푸렸다. 무명의 검이지만 상당히 좋은 검이었다.

【천검】까지는 안 바라지만, 도읍에 있는 명령에게 부탁해서 부러지지 않는 검을 찾을 필요가 있을 것 같다. 아아, 놈들이 쓰던 무기도 확인을 해야지. 【서동】의 물건이라면…….

"고맙다."

그런 생각을 하면서, 백마의 목을 쓰다듬으며 말하자, 아군 기병이 맹렬하게 다가왔다.

수는 고작해야 50기 정도 된다.

선두는——.

"도련님!"

"할아범, 절호의 때에 왔어. 너희들도 고맙다."

『예!』

아군 기병은 뒤에 나뭇가지를 끌고 있었다. 방금 전 흙먼지의 정체는 이거였지.

조잡한 책략이지만…… 의부님의 명성에 감사해야겠어.

부끄러움을 얼버무리고자 할아범에게 명했다.

"우리도 백령이 있는 곳에 합류한다. 늦지 않으면—— 무훈을 세울 수 있어."

요새 폐허에 도착하자, 이미 전투는 끝나 있었다.

어째선가 나에게 존경의 시선을 보내는 정파에게 백마를 맡기고, 안으로 들어갔다.

그러자── 긴 은발의 소녀가 돌에 앉아, 고개를 숙이고 있었다. 조금 떨어진 곳에서 조하가 안절부절못하고 있다. 경갑이 피로 더러워졌으니, 상당한 수를 쓰러뜨린 모양이군.

나는 시녀에게 눈짓을 해 물러나도록 한 뒤, 의식적으로 평소랑 똑같은 어조로 백령에게 말을 걸었다.

"야. 다친 덴 없나?"

"……없어요. 다들── 지켜줬으니까요."

"그래."

주위에 시체는 굴러다니지 않지만, 벽이나 땅바닥에는 혈흔이 달라붙어 있었다.

첫 출진이 이런 격전이라면, 풀이 죽는 것도 당연하지.

나는 한쪽 무릎을 짚고, 소녀가 굳게 쥐고 있는 손을 쥐며 이름을 불렀다.

"백령."

고개를 든 파란 두 눈에 눈물 자국.

그토록 격전이었는데도 전사자는 몇 명에 그쳤다.

병사들의 분전으로 이룩한 것이다. 그리고── 이 소녀의 힘이다.

이 녀석은 무의 재능이 있다. 지휘관의 재능도.

……그러나, 너무 상냥해.

"어두운 표정을 지으면 병사들이 신경 쓰거든? 너는 잘했어."

곧장, 점점 커다란 눈물이 맺혔다.

그리고 내 가슴을 두 주먹으로 두드렸다.

"하지만! ……하지만, 그러면, 저의 이 마음은 어떡해야 하죠…………. 어떡해야, 좋은 건가요!"

"……너는 정말로 이상한 부분에서 바보구나."

"…………뭐라고요?"

눈물을 닦으면서 나를 노려보았다.

나는 품에서 하얀 천을 꺼내 소녀의 눈가를 닦아주며, 한쪽 눈을 감았다.

"그걸 위해서 내가 있잖아? 아니야?"

백령이 커다란 눈을 깜박였다.

"……하아. 당신은 정말로……."

하얀 천으로 얼굴을 덮고, 하늘을 우러러보았다. 해가 기울어 밤의 발소리가 들리기 시작했다.

빨리 안 돌아가면 의부님이 걱정하시겠군── 백령이 앉은 채, 왼손을 뻗었다.

"──손."

"응?"

영문을 모른 채 일어섰다.

소란스러운 소리와 함께 백마가 폐허 안으로 들어왔다. 주인을 보고 기뻐하며 꼬리를 흔들었다.

소녀는 머리끈을 풀어, 아주 약간 어리광을 품은 표정으로 나에게 요구했다.

"……다리가 떨려서 말에 탈 수가 없어요. 경양까지 바래다주세요. 멋대로 내 말을 타고 다녔으니까, 그 정도는 해주겠죠?"

"……어~어?"

"아버님께 당신을 반드시 무관으로 삼아야 한다고 말씀드릴까요?"

"으극!"

급소 중의 급소를 찔려서, 나는 가슴을 눌렀다.

아주 잠깐 동안, 고민하고—— 나는 백령을 끌어안아 백마에 올리고 뒤에 탔다.

"…………이러면, 되나?"

"좋아요. ……척영."

"?"

"…………와줘서, 고마워요………."

작게 중얼거리고, 은발의 소녀는 눈을 감더니, 완전히 안심한 기색으로 잠들어 작은 숨결을 흘리기 시작했다.

나는 백령의 얼굴에 묻은 얼룩을 살살 닦아주면서 생각에 잠겼다.

──있을 수 없는 현 제국의 선행 정찰. 이끌고 있던 것은 있을 리 없는 『적랑』.

이걸 알게 된 의부님이 어떻게 할까?

"얼마 안 있어 임경에 돌아가게 되려나……."

　나는 잠들어 있는 소녀가 떨어지지 않도록 허리에 손을 두르고, 남방의 하늘을 올려다보았다.

제2장

"으~. ……날씨가 좋군……. 이러면 예정대로 도착하겠어."

갑판으로 가지고 나온 의자에 앉아 상공을 기분 좋게 날고 있는 새들을 올려다보면서, 나는 독백했다. 기분 좋은 바람이 분다.

현재, 배는 영 제국의 수도 임경을 향해 순조롭게 항해 중이었다.

황 제국 말기에 계획되고, 그 뒤 20년에 걸쳐 만들어졌다는 대륙을 남북으로 가르는 용과 같은 대운하는 거대하다. 도저히 인공물 같지 않았다.

나와 백령이 현 제국의 척후 부대를 물리친 것이 벌써 보름 전.

사태를 지극히 심각하게 본 의부님은 전부터 해오던 증원 요청과 보고를 위해 자신이 도읍에 가기로 결단하고, 나와 백령에게 동반을 명했다.

──최정예 병사 3천과 함께.

부대를 전선에서 빼는 것에 대한 우려를, 의부님에게 물론 말씀드렸지만…….

『노재상 나리의 요청이다. 황제 폐하도 우리 군의 시찰과 군의 연습을 강하게 바라고 계신다는군. 당초에는 1만을 요구하셨거든? ……증거는 전장에 남겨진 중고 무구뿐이지만, 만에 하나를 생각하여 【서동】의 움직임을 파악해야 한다는 이야기도 해야겠지.』

정치는 지금도 옛날도 귀찮군.

다만, 3천의 병사가 배를 타고 이동하면 적에게 틀림없이 들킨다.

그 탓에 부대의 태반은 소수로 갈라져서 선발했다. 임경의 교외에서 합류할 예정이었다.

우리도 처음엔 기마로 이동할 예정이었는데…….

"어이쿠!"

펼쳐진 거대한 돛이 바람을 받아서, 배가 크게 흔들렸다.

적혀 있는 것은 『왕(王)』의 문자.

작금, 임경에서 존재감이 늘고 있는 신흥 대상인 왕씨 가문의 배다. 경양에 식량 공급을 하고 돌아가는 중인데, 어떤 인물의 호의로 우리를 승선시켜주었다.

책에 끼워둔 종이를 꺼내, 생각에 잠겼다.

『임경에서 기다리고 있습니다. 당신의 명령(明鈴).』

……그 녀석, 어떻게 우리가 도읍에 가는 걸 알았지?

대운하 위의 첫 출진에서 어쩌다가 목숨을 구해준 소녀를 떠올렸다. 뭔가 음모를 꾸미는 표정이라, 나는 이마를 눌렀다. 고마운 이야기지만…… 빚을 만드는 건 위험할 것 같기도 하군.

뭐 배를 탄 적이 없는 백령이 눈빛을 반짝이면서,

『저는 말이라도 상관없지만요. ……탈 수 있는 건가요?』

——하며 기뻐했으니까 좋다고 치자!

조각배를 타고 어업을 하는 사람들을 바라보며, 독서를 재개했다.

『황제 붕어. 왕영, 어린 황제 보좌하여 10여 년. 그 뒤 물러나다. 이후【천검】을 본 자 없음이라.」

『노도』의 수비대장이 영풍을 구해낸 직후, 2대 황제가 의문의 죽음을 맞이하고── 그 뒤 어린 3대 황제가 제위에 앉았다.

──그리고 약 20여 년간.

천하의 정무와 대운하의 건조를 하는 등, 할 일을 모두 이룬 맹우는 현명하게 성장한 3대에게, 지위, 영토, 금전을 반납.

진정한 의미로【천검】이라 칭송받게 된 쌍검과 처만 데리고, 어디론가 물러난 모양이다. ……그 녀석답군.

울적한 기분이었는데, 누가 왼쪽 소매를 당겼다.

"──저, 저기."

"응? 왜 그래?"

방금 전까지 먼 풍경을 천진하게 즐기고 있던 백령이, 갑자기 불안한 기색으로 말을 걸었다.

오늘은 옅은 파란색 기조의 복장에 검도 차고 있었다.

직후에── 길쭉한 입을 가진 매끈매끈한 회색 바다짐승이 여러 번 수면 위로 튀어 올랐다. 배와 나란히 헤엄치며 노는 모양이군.

나를 방패 삼으며 뱃전에서 떨어진 소녀가, 심각하게 물어보았다.

"……봤나요?"

"? ……뭘?"

질문의 의미를 이해 못 하고, 나는 백령의 파란 눈동자를 보았다.

그러자 선원과 조하의 눈을 신경 썼는지, 소녀는 자기 앞머리를 매만지며 시선을 돌리고 귓가에 속삭였다. 어조는 그야말로 진지했다.

"(지, 지금 그건 뭔가요? 저, 저런 이상한 물고기, 본 적이 없어요. 계, 계속 따라오고 있는 것 같은데, 호, 혹시 요괴 같은 것 아닌지……?)"

이럴 때만 날카로운 내 머리는 즉시 대답을 이끌어냈다.

태어나서 여태까지 경양을 벗어난 적이 없는 장백령은 온실 속의 화초 같은 아가씨다.

강에 사는 보기 드문 『해돈(海豚)*』이 있으며, 『본 사람에게 행운을 준다』라는 전승을 모르는 것이다.

……나도 반년 전에 같은 질문을 했지. 박식한 명령의 종자가 가르쳐준 내용이다.

그러나, 그럼에도! 나 척영은 용서하지 않는다!!

나는 괜히 슬픈 표정을 짓고, 소꿉친구인 미소녀와 시선을 맞추었다.

"……유감이다. 지금, 네가 본 건 그야말로 무시무시한 요괴야……. 나는 도읍에서 액막이를 챙겼으니 괜찮지만, 너는…… 신경 쓰지 마. 시집을 못 가는 것뿐이니까."

"윽?!"

무심코 비명을 지를 뻔했다가, 백령은 입가를 눌렀다.

평소에는 냉정한 은발 소녀가 반쯤 울상이 되면서, 소매를 강하게 당겼다.

"……그, 그건 곤란해요……. 아주 곤란해요. 어, 어떻게든, 해주세요."

---

*돌고래. 바다와 이어진 강에 흘러들어오는 때도 있기 때문에 강돈(江豚)이라고 불리기도 한다.

"허~. 어떡할까아. 역시 평소 행실이──."

우쭐해져서 뜸 들이고 있는데, 선미 쪽에서 선원들이 소란을 피우기 시작했다.

"오, 강돈이 뛰는구만."

"운수가 좋은걸."

"손님을 안내해주는 거겠지."

…………아차.

나는 살며시 소녀를 보았다.

백령은 천천히 일어서서, 아름답게 웃었다. 강풍이 은발과 빨간 머리끈을 흔들었다.

"……척영? 뭔가, 할 말이 있나요?"

등줄기가 떨려서, 시선을 돌렸다. 시녀 복장에 햇살 막이 모자를 쓴 조하와 눈이 마주쳤지만, 순식간에 상황을 짐작하더니 『어머나♪』. ……젠장. 도움이 안 되겠군.

나는 필사적으로 생각했지만, 변명거리가 떠오르질 않아서── 도약해 거리를 벌리고 외쳤다.

"또 하나 배워서 다행이구나! 온실에서 자란 장백령 아씨!!"

"지금 당장 죽어주세요. 아니, 제가 죽여주겠어요. 애당초, 내가 시집을 못 가게 되면, 난처한 건──."

"? 왜 그래??"

백령이 눈보라 같은 시선을 나에게 쏘아내다가, 갑자기 말을 머뭇거리고 침묵. 등을 돌렸다.

……그, 그렇게까지 화가 났나?

조심조심 다가가 들여다보자, 얼굴을 양손으로 가리고 까칠하게 말했다.

"……아무것도 아니에요."

"아니…… 얼굴, 새빨간데? ──우왓. 열이 엄청나! 배로 여행하는 게 처음이라고 너무 들떠서 감기 걸린 거…….."

손을 뻗어 이마를 만지자, 명백하게 열이 있었다.

게다가, 점점 올라가는 것 같은데……?

"아, 안 걸렸어요. ──괜찮으니까, 떨어져요, 꺅."

백령이 내 손을 뿌리치자마자── 다시 강풍으로 배가 크게 흔들렸다.

반사적으로 소녀를 끌어안아 충격을 죽였다.

──꽃향기와 남자하고는 명백하게 다른 부드러움.

약간 쑥스럽지만, 지금은 백령의 안전이 최우선이다.

품속에 들어온 소녀를 확인했다.

"……괜찮니?"

"…………그, 네."

얌전해진 백령의 모습에 동요하고 있는데── 뒤에서 웃음소리가 들렸다.

"하하핫! 척영, 너무 놀리면 나중에 무시무시할 거다? 나도 생전에 처에게 잔소리를 많이 들었지."

"그래요."

"……대부분은 아버님에게 책임이 있다고 생각합니다."

선장과 뭔가 이야기하고 있던 의부님이 드디어 갑판에 나왔다.

짙은 녹색의 선명한 복장이다.

──다음 순간, 우리가 끌어안고 있는 사실을 깨닫고,

""으!""

나와 백령이 황급히 세 걸음 떨어져,

""………….""

어쩐지 모르게 두 걸음 다가갔다.

햇빛을 받아 빛나는 미염을 매만지면서, 의부님은 그런 우리들의 모습을 언급하지 않고 전방을 보며 눈웃음을 지었다. 조하는 양손을 마주 대면서 함박웃음을 지었다. ……묘하게 낯간지럽군.

"흠? 보이기 시작했구나."

우리도 그에 이끌려 시선을 돌리자, 저 멀리 흐릿하게 탑 같은 그림자가 보였다.

백령이 아연한 기색으로 말했다.

"이런 거리에서도 확인할 수 있다니……."

"도읍 앞에 있는 대요새구나. 경양과 임경은 대운하로 이어져 있으니, 방어도 생각해야 하지. 도읍 자체도 수로와 다리투성이거든? 기병 대책이라고 하더라."

"……잘 아는군요. 어젯밤에 이야기한 『도읍의 아이들을 부모가 혼낼 때, 현의 백귀 황제가 온다! 라고 겁을 준다』라는 것도…… 누구에게 들은 건가요?"

백령이 나에게 의심의 시선을 보냈다.

……이 얘기도 명령의 종자가 가르쳐 주었다. 라고 말하지 않는 게 좋겠지.

양손으로 시선을 가리면서 대답했다.

"스, 스스로 깨달은 거야! 반년이나 있었거든?!"

"……그런가요."

납득 못한 기색이지만, 소녀는 긴 은발을 눌렀다. 전생의 고사가 떠오르는군.

『은발창안의 여자는 나라에 재앙을 부른다.』

이제 와서 그런 오래된 이야기를 꺼내는 일도 없겠지.

의부님도 딱히 신경 쓰지 않고, 선원들에 이르러선 백령에게 눈길을 빼앗기고 있었다.

그러나…… 만에 하나, 이 녀석이 뭔가 싫은 꼴을 당한다면 내가 도와야지!

"……이상한 표정."

백령이 중얼거리고, 바람으로 흐트러진 내 머리칼을 정돈해주었다.

"……정말이지. 아무리 시간이 지나도, 제가 없으면 안 되네요."

"뭐! 그, 그건 내가 할 말──."

"아뇨, 제가 할 말이에요."

건방진 공주님에게 이를 갈고 있는데, 의부님이 껄껄 크게 웃었다.

"하하핫! 사이가 참 좋구나. 도착한 다음에 조금 귀찮은 일도 있겠다만, 너희들은 잘 배우고, 잘 놀아라! 장태람의 명이다!!"

＊

영 제국 수도 임경은 물과 함께 사는 도시다.

지금으로부터 50여 년 전── 현 제국의 대침공으로 국호가 붙은 수도 『영경(栄京)』에서 쫓겨나며 일족의 태반과 국토의 과반을 잃은 황제는, 이 땅에 임시 수도를 열었다.

고대 【제(斉)】 나라 시대부터 배와 부가 모이는 땅에서 재정 재건을 꾀한 것이다. 전쟁에는 예나 지금이나 돈이 든다.

또 대운하의 귀결점이며 외곽에 땅을 확보할 수 있는 이 땅이라면, 수로를 확충하고 외양에서 대형선을 들이는 것도 가능하다고 판단했기 때문……이라고 한다.

실제로 지금은 수도 바로 앞까지 대형선이 찾아온다.

군사 거점으로는 맞지 않기에 도시 주위의 벽은 낮지만…… 무수하다고 할 수 있는 수로와 다리, 증설에 증설을 거듭한 공중 회랑과 골목투성이의 거리는, 현 나라 기병의 특기인 기마사격이나 돌진을 용납하지 않도록 굳이 만들어진 것이다.

옆에서 나아가는 백령이 작게 속삭였다.

"(당신이 말한 것처럼, 아까 아이 어머니가 작은 아이에게 『말 안 들으면 백귀 아다이가 온다』라고 혼내고 있었어요. ……그래서? 누구에게 들은 건가요?)"

"(그, 그걸 아직도 신경 쓰고 있었냐?! 채, 책에서 봤어!)"

"(……그런 걸로 해두겠어요. 지금은.)"

전혀 안 믿는 표정으로, 백령이 섬세한 조각이 되어 있는 전방의 돌다리로 걸어갔다.

⋯⋯얼른 왕씨 가문 저택에 찾아가서, 입막음을 해야겠어.

도읍에서 해야 할 일을 추가하며 나도 다리를 건너가자, 노점 거리가 보였다.

갖가지 국적의 사람들이, 식품이나 산더미 같은 천, 병에 들어 있는 수상쩍은 약 따위를 사고 판다.

헤아릴 수도 없는 간판과 매달려 있는 제등.

길가만 그런 게 아니라 광장에서도 활기가 넘치는 상거래와 이야기들.

──당시의 황제는 올바른 판단을 했군.

이 정도로 활기가 넘치는 거리는 황 나라 시대에도 본 적이 없다.

임경은 공전절후의 대도시였다.

사람들 사이를 헤치며 의부님의 커다란 등을 따라가는데── 뒤에 있어야 할 백령이 없는 걸 깨달았다.

"척영 님♪"

조하가 내 어깨를 손가락으로 두드렸다.

시선을 돌리자, 조금 떨어진 장소에서 하릴없이 주위를 두리번 거리는 미소녀를 발견했다. 긴 은발과 단정한 용모 탓에 대단히 알기 쉽다.

의부님과 조하에게 손으로 신호를 하고, 나는 백령에게 다가가── 손을 잡았다.

저항을 할 거라 생각했는데, 두 눈으로 날카롭게 노려볼 뿐이군.

"⋯⋯갑자기 잡지 말아요."

"어디 사는 누군가가 미아가 될 뻔했거든."

"아, 안 돼요. 어린애 취급하지 말아요."

"알았어요, 알았어. 싫으면 내 소매나 조하의 소매를 쥐고 있어. 정말로 길을 잃을 수 있거든?"

"······딱히······ 이대로도, 괜찮아요······."

백령은 입술을 삐죽거리고, 내 손을 조심조심 마주 쥐었다.

그대로 노점 거리 입구에서 우리를 기다리고 있는 의부님과 조하 곁으로 돌아갔다.

군중 속에는, 함께 배를 타고 온 례엄이 선발한 호위병도 있을 텐데.

검디검은 미염을 매만지면서, 의부님이 중얼거렸다.

"도읍에 오는 것은 3년만인데······ 또 풍경이 변했군. 그리고 전보다 더욱 번창하고 있어. 황제 폐하와 노재상 각하가 힘을 쏟은 덕이군."

"겸손하십니다. 의부님의 활약 덕분이죠."

나는 쓴웃음을 지으며, 장태람 옆에 나란히 서서 등을 곧게 폈다. 아직도 키 차이가 크다.

──전생의 나도, 현생의 나도 고아였다.

그래서 아버지의 등이 어떤 것인지, 솔직히 잘 모른다.

모르지만······ 무관이 업신여겨지는 가운데, 일체 약한 소리 없이, 강대한 이민족에게서 고국을 지키고 있는 장태람에게 거두어진 것을 자랑스럽게 생각한다.

"7년 전, 의부님을 비롯한 북방 변경의 장수들이, 현 나라의 선제가 일으킨 대침공을 좌초시킨 덕에, 도읍으로 사람과 물자가 점점 모이고 있는 겁니다. 이른바, 이 광경은——.”

백령의 손을 놓고, 오른손으로 내 가슴을 두드리며 오가는 사람들을 보았다.

“틀림없이 의부님이 만들어낸 것입니다. 자랑스러워 하십시오. 저는 자랑할 겁니다!”

커다란 손이 쓱 움직여 내 머리로 왔다.

난폭하게 검은 머리를 헝클어뜨리면서, 의부님은 파안했다.

“——기쁜 말을 해주는구나. 어디? 한번 끌어안아 주마!”

“그, 그건 사양하겠습니다.”

존경은 하고 있다. 목숨을 구해준 대은도 있다.

그러나, 수염이 무성한 거한에게 안겨서 기뻐하는 취미는 없어!

명확하게 거부하자, 【호국】으로 칭송 받는 명장이 비틀거리며 두세 걸음 후퇴했다.

“뭐, 라, 고? 아, 아비의 사랑을 거부하는 것이냐?! 누님에게 는, 도읍에 있을 때 매일 끌어안겼다고 하지 않더냐?!”

“! 그, 그런 정보를 어떻게?! 아, 아뇨! 그, 그건 오해—— 배, 백령?”

왼쪽에서 명확한 냉기를 느끼고, 나는 은발 소녀의 이름을 불렀다. 그 옆에서 시녀가 생글생글 웃는다.

……아차! 백모님의 심복인 조하의 여동생이 밀고를 했나?!

자신의 방심에 이를 갈면서, 조심조심 소녀에게 시선을 돌리자 보석 같은 눈동자에 눈보라.

“……뭔가요?”

"오, 오해."

"그러면, 백모님께 확인을 해도 되나요?"

"~~~~윽."

나는 반론이 막혀서, 말을 잇지 못했다.

의부님에게 눈으로 구원 요청을 하지만, 시원스러운 미소다.

『힘내라! 힘을 내거라!!』

너무하네. 어, 어떡하면 이 위기를 극복할 수—— 좋은 냄새가 코를 자극했다.

"척영아?"

"…………뭔가요?"

"냄새가 좋네요~."

두 사람의 물음과 조하의 말에 대답하지 않고, 나는 눈앞의 노점으로 나아갔다.

매대 위에서 커다란 대나무 찜기가 김을 피우고, 『만두』라고 적인 종이가 붙어 있었다.

나는 10대 전반으로 보이는 까까머리 소년에게 주문했다.

"지금 먹을 수 있나?"

"옙! ——아, 척영 형님. 언제 돌아왔수?"

"지금 막 왔어. 몇 개 다오."

이 노점은 도읍에 있을 때 몇 번인가 사 먹었다. 이름은 모르지만 아는 얼굴이다.

"여깄습니다! 뜨거우니까 조심하슈!!"

힘차게 응답하고, 소년이 찜기 뚜껑을 열었다. 하얀 김이 솟아오르고, 재빨리 종이봉투에 커다란 만두를 넣어주었다. 대금으로 동화를 넉넉하게 건네며 물었다.

"경기는 어때? 벌이는 괜찮고??"

"그럭저럭, 입니다. 이국 분들이 잔뜩 들어오는 모양이우. 또 오슈."

"그래."

이국 사람이라…….

임경에는 갖가지 나라의 사람들이 나날이 출입하지만, 말단 노점까지 실감할 만큼 사람의 흐름이 활발해진 이유가 떠오르질 않았다.

머릿속 한구석에 담아두면서 만두를 받아, 세 사람 곁으로 돌아가 뜨끈뜨끈한 만두를 내밀었다.

"자. 의부님이랑 조하도 뜨거울 때 드시죠."

"……이걸로 회유할 셈인가요? 낡은 수법이네요."

"고맙습니다♪"

"맛있어 보이는구나!"

불평을 흘리면서 받은 백령이, 작은 입으로 커다란 만두를 먹었다.

입가를 가리고, 눈을 깜빡.

나는 종이봉투를 조하에게 맡기면서 백령에게 물었다.

"맛있지?"

"──맛있, 어요."

"저 꼬마가 파는 노점은 맛있다니까. 너한테도 먹여주고 싶었어. 편지에도 썼었지?"

"⋯⋯⋯⋯네."

마지못한 기색으로 백령이 두 입째. 맛에 이기지 못했는지 표정이 풀어졌다.

나는 만족감을 느끼며 만두를 깨물었다.

육즙이 흐르는 것과 동시에, 복잡한 맛이 식욕을 자극한다. 숨겨진 맛은 해산물일 거 같은데⋯⋯ 또 재료를 바꿨군?

나와 백령이 반도 못 먹었을 때, 재빠르게 다 먹은 의부님이 감상을 말했다. 조하도 빠르게 두 개째를 먹기 시작했다.

"맛있구나! 이런 것을 언제든지 먹을 수 있다니── 좋은 일이다."

"저도 그렇게 생각합니다."

따뜻한 밥을 배불리 먹을 수 있으면, 사람은 그렇게 잘 안 죽는다.

황제와 노재상은 나쁜 정치를 하지 않는다. ⋯⋯군 관계만 아니면.

만두를 먹으면서 작은 다리를 건넜다.

"의부님, 이다음엔? 역시 백모님에게 인사하러 가나요??"

품에서 천 조각을 두 장 꺼내, 한 장을 열심히 먹고 있는 백령에게 주었다.

그것으로 손가락을 닦고 있는데, 의부님이 표정을 찌푸렸다.

"누님은 남부에 가볍게 여행을 갔다고 한다. 너희들을 못 만난다고 아쉬워했지."

"⋯⋯그런가요. 저도 유감입니다."

좋았어! 좋았어!! 좋~았어!!!

나는 천하에 그리 무서운 게 없다고 자부한다.

그러나, 그렇지만—— 임경에서 장씨 가문의 제반을 맡고 있는 백모님은 다르다.

나쁜 사람은 아닌데, 꼭 나한테 그런다고.

『언젠가 반드시 너를 장씨 가문의 수장으로 삼아주마!』

이런 과격한 사상을 가지고 있어서…… 이번에는 마음 편히 지낼 수 있겠군.

안도하고 있는데, 의부님이 이후 예정을 알려주었다.

"내일은 궁중에 참내(參內)하여, 황제 폐하께 전선의 전황을 보고해야 한다. 그 사전준비를 위해, 노재상 각하께『도착하자마자, 반드시 내 저택에 오도록』이라고, 서간을 받았지. 백령의 얼굴을 한번 보자고 하신다. ……척영, 너는."

"신경 쓰지 마세요."

나는 천을 넣고, 가볍게 손을 흔들었다.

노재상은 황제 폐하를 보필하여, 영 제국을 사실상 움직이고 있는 최고 권력자다.

장태람은 작은 아이부터 노인까지 누구나 알고 있는 구국의 영웅.

이 두 사람의 회담에 주워다 키운 아이가 입회하는 것은 맞지 않는다. 의부님에게 쾌활하게 대답했다.

"저는 더부살이니까요.『장씨 가문』은 군의 요체. 괜한 소문이

나는 건 피해야 합니다. 얌전히 도읍 구경을 하고 있겠습니다."

"……으음."

"…………."

"……척영 님."

의부님은 침통한 표정을 짓고, 백령은 하고 싶은 말을 참으며 입을 다물었다. 조하도 우울한 표정이다.

이럴 때, 재치 있는 말을 할 수 있다면—— 시야 구석에 주황색 모자가 스쳤다.

눈치 못 채도록 관찰하자, 노점 뒤에 숨어서 나를 힐끔힐끔.

……저 녀석, 혹시 또 저택을 빠져나온 건가?

내가 말이 없는 것을 신경 써서, 의부님이 말을 걸었다.

"척영아? 왜 그러느냐?"

"아뇨—— 대신이라고 할 수는 없지만."

한쪽 눈을 감고 제안했다.

"저는 『왕씨』 가문에 인사를 하러 갈 생각입니다. 식량 건으로 고생을 해줬으니까요. 고개 한 번 숙이는 거야 공짜죠."

"……흠?"

"……왕씨 가문, 이라면, 그 상인인가요?"

"그래. 대륙 전체를 누비는 진짜 상인이야. 매번 재미있는 이야기를 해주거든."

백령이 정성스레 천을 접으면서 물어보길래 대답했다.

주황색 모자가 눈치 못 채도록 후방에 서 있는, 긴 흑발을 뒤로 묶고 있는 젊은 여성과 시선이 교차했다. 서로 살짝 고개를 끄덕였다.

──틀림없다. 왕씨 가문의 아가씨는 저택에서 빠져나왔군.

얼굴에는 드러내지 않고 대답하며, 의부님에게 솔직한 마음을 토로했다.

"부끄럽게도── 예의범절을 전혀 모르겠습니다. 그쪽은 의부님과 백령에게 맡길게요. 조하, 두 사람을 부탁해. 그럼 나중에!"

"밤이 되기 전에는 저택에 돌아와라."

"──아."

"맡겨 주십시오."

그렇게 말하고, 나는 길을 달려갔다.

백령이 뭔가 말하고픈 낌새였지만, 신경 쓰면 지는 거다.

사람들 사이를 빠져나가, 주황색 모자를 쓴 인물을 따라 골목으로 들어갔다. 그리고 곧장 명령했다.

"여기 있지? 나와라!"

그러자, 기뻐하는 웃음소리가 들리며 자그마한 소녀가 나타났다.

"후후후…… 인파 속에서도 용케 저를 찾아주셨습니다!"

주황색 모자 아래 빠져나온 두 갈래로 엮은 밤색 머리칼.

옷도 주황색을 기조로 하며, 언뜻 보기에도 고급품이었다.

키는 작고, 얼굴 조형은 단정하지만 앳되다. 가슴 말고는 체형도 어린애 그 자체다.

도저히 열일곱 같지가 않아.

인상적으로 반짝이는, 별이 연상되는 호기심의 빛을 눈동자에 머금고 소녀는 손을 마주쳤다.

"그래야 저의 낭군님이세요! 자, 오늘 당장이라도 혼례를——."

"안 한다. 나도 분별이 있어. 그리고 낭군님이라고 하지 마라, 명령."

"어째서?!"

밤색 머리칼의 소녀—— 왕씨 가문의 대를 이을 딸이면서 천재적인 상재를 가진 왕명령은 거창하게 놀라더니, 풍만한 가슴을 오른손으로 누르며 나에게 호소했다.

"어, 어째서인가요! 스스로 말하는 것도 그렇지만, 용모는 꽤 단정합니다! 돈도 잔뜩 있어요. 성격도 나쁘지 않습니다. 당신께 다 바칠 수 있어요. 게다가—— 왕씨 가문의 여자는 대대로 다산이거든요? 달리 더 뭘 바라시는 건가요?!"

"……그렇게 말을 하는데, 어떻게 생각해요? 시즈카(靜) 씨."

나는 질색하면서, 명령 뒤에서 기척도 없이 다가오는 장신의 여성에게 말했다. 허리에는 이국의 칼을 차고, 흑백을 기조로 한 움직이기 쉬운 차림이었다.

긴 흑발과 흑진주 같은 눈동자가 인상적인 명령의 종자는 볼에 손을 대면서 고상하게 탄식했다. 주인인 소녀를 빈틈없는 움직임으로 구속했다.

"……참으로 한탄스럽고. 제 힘이 부족합니다. 참으로 죄송하군요."

"! 시, 시즈카?! 어째서 여기에?! 놔, 놔줘! 나, 나는 척영 님과

중요한 이야기를 해야 해!! 이~거~놔~줘어어어!!!"

버둥거려보지만, 명령은 간단히 붙잡혔다.

이렇게 보면 어린애다. 누가 어딜 보나 떼를 쓰는 어린애다. 가슴만 빼고.

배로 임경에 오던 도중, 수적(水賊)에게 습격을 받고 있던 이 소녀가 탄 배를 구해내고── 그다음에 광대한 도읍의 저택으로 초대를 받았을 때 호언장담했던 내용이 떠올랐다.

명령의 코앞에 검지를 들이밀고, 나는 손을 가볍게 흔들었다.

『저는 대륙 전체의 돈을 임경에 모으고 싶어요!』──라고 야망을 드높이 외치는 여자는, 내 그릇에 담기 어려워. ……그리고."

"? 뭔가요??"

거의 어린애라고 할 수 있는 명령과 내 키 차이는 상당하다. 색시로 받게 되면…….

『……변태…….』

혹한의 시선을 보낼 백령이 뇌리에 떠올라, 나는 몸을 부르르 떨었다.

한 손으로 주인을 옆구리에 끼고, 시즈카 씨도 한숨을 흘렸다.

"……아가씨는 참으로 영특하시지만, 다소……."

"……짐작이 갑니다."

"두, 둘이서만 공감하지 마세요!! 화낼 겁니다? 아무리 저라도 화를 내버릴 겁니다?! 시즈카, 내려줘! 나 척영 님에게 중요한 용건이 있어~~~~~."

"……어쩔 수 없군요."

흑발의 종자가 땅에 내려주자── 왕씨 가문의 아가씨는 복장을 가다듬고 사나운 웃음을 지으며 가슴을 쭉 폈다.

그리고, 나에게 왼손의 검지를 내밀었다.

"승부입니다, 척영 님! 오늘이야말로, 이 제국에서 가장 단정한 그 얼굴을── 패배의 굴욕으로 일그러뜨려 드리겠어요!!

*

"우후후♪ 자, 어떤가요? 아무리 낭군님이라도, 알 수 없을걸요? 항복을 하셔도 괜찮답니다아★."

눈앞의 호화로운 의자에 앉은 명령이, 『난문』 앞에서 입을 다문 나를 부추겼다.

진심으로 즐겁게 작은 다리를 훌훌 흔들자, 밤색 머리칼도 흔들리고 있었다. 시즈카 씨가 없는 탓인지, 나이보다 한참 더 어려 보이는 건 기분 탓이 아닐 거야.

왕씨 가문의 저택은 임경 남부에 있다.

황제가 거하는 궁성과 가까운 1등지에 있는데…… 어지간한 귀족의 저택보다 훨씬 광대하다.

꽃들이 피어 있는 정원 안에 연못도 있으며, 우리가 지금 있는 곳은 그 연못 안의 조그만 섬이다.

훌륭한 대리석 탁상 위에, 서로 다른 종류의 차를 따른 백자 그릇 세 개가 놓여 있었다.

이건 차의 종류를 맞추는 『투차(鬪茶)』라고 불리는 것인데, 작금 도읍에서 유행하는 승부였다. 시즈카 씨가 정성스레 타준 차를, 마지막으로 다시 한 모금씩 마셨다.

"정했다!"

나는 망설임을 끊었다. 소녀의 눈썹이 살짝 움직였다.

그러면, 대답을 부탁드립니다. 지면…… 오늘 밤에는 우리 집에서 자고 가셔야 해요? 우후후♪ 척영 님을 위해서 산해진미를 모아왔어요! 오늘이야말로 제가 이길 겁니다!!"

"산해진미에는 끌리긴 하는데—."

나는 명령과 시선을 마주치고, 잔을 가리키며 답을 고했다.

"가장 왼쪽은 대륙 남단의 녹계(綠界)산. 희미하게 과실 향이 났어. 가운데는 해월도(海月島)산. 맛과 향이 가장 짙었지. 해가 뜨는 날의 차이일 거다. 마지막이…… 이국 것이군. 【서동】산인가?"

"………………."

방금 전까지 자기 승리를 확신하고 있던 명령이, 커다란 눈을 더욱 커다랗게 뜨고 침묵했다.

입술을 깨물고, 탁상에 상반신을 내던지더니 분한 기색으로 말을 짜냈다.

"저, 정답, 입니다……."

"아자!"

나는 주먹을 하늘로 치켜세우며, 탁상의 깨 경단을 입에 넣었다. 적절하게 달다. 승리의 맛이군.

"오늘은 이길 수 있을 거라 생각했는데…… 내 낭군님, 대단해! 하지만, 분해애애!!"

그에 비해 명령은 머리를 감싸면서 몸부림을 친다. 어린애 같다기보다, 어린애 그 자체군.

대리석 탁상에 엎드려 있던 소녀가 고개만 들더니, 원망스럽게 물었다.

"어째서…… 어떻게 알아낸 건가요? 하, 한 번도 마셔본 적 없을 텐데요? 우리 집에서도 내놓은 적이 없거든요?! 【서동】의 차는 황족용 특급품이에요!"

"응~? 굳이 말하자면."

"……말하자면?"

소녀가 볼을 부풀리고, 알기 쉽게 게슴츠레한 눈매로 바라본다.

초고급품이라는 걸 알 수 있는 찻잔을 집으며, 나는 순순히 말했다.

"감, 이지."

명령은 입을 쩍 벌리고, 천천히 일어섰다.

작은 두 주먹을 움켜쥐고서 일어서자, 양 갈래로 묶은 머리칼이 위아래로 움직였다.

"정말! 저엉마알! 정말!! 이래서 척영 님은 난처하다니까요!!! 『감』 같은 편리한 말로, 제 혼신의 공격을 쳐부수지 말아 주세요오!!!!!"

"후하하하핫~. 패배한 자가 뭐라고 하든, 아프지도 가렵지도 않다~."

나는 승리의 차를 들이키고, 일부러 명령을 놀렸다.

수적에게서 목숨을 구해준 답례라며, 『경양에 정기적인 식량 대량 운송』이라는 난제를 간단히 해결해준 젊은 천재상인이 원망스러운 기색으로 양쪽 소매를 쥐었다.

　"크으윽! 그, 그렇게, 아직 미숙한 저를 또 가지고 노는 거군요?! 너, 너무해요! 사람이 할 짓인가요! 이럴 때는 저에게 슬쩍 양보를 해줘도 될 텐데요!"

　"아, 내가 이겼으니까, 최대한 튼튼한 검이랑 좋은 활 찾는 거 부탁해."

　"……척영 님 심술쟁이이."

　흰소리를 받아 흘리며 손으로 앉으라고 지시하자, 명령은 입술을 삐죽거리면서도 앉았다.

　나는 두 번째 잔을 집었다.

　"그건 그렇고…… 용케, 이렇게까지 희귀한 차를 모아왔군."

　"우후후~♪ 당연하죠~☆"

　양손을 볼에 대고서, 소녀는 몸을 좌우로 흔들었다. 몸에 안 어울리는 두 언덕이 흔들린다. 조금 보고 있기 그렇군. 이상한 구석에서 무방비해지는 건 나중에 시즈카 씨에게 말을 해둬야겠어.

　명령이 두 주먹을 불끈 쥐었다.

　"좋아하는 사내를 위해서거든요? 당신이 기뻐해 준다면, 저 왕명령, 온갖 권력을 행사할 생각이옵니다! 이런 저── 귀엽지, 않은가요?"

　"조금 무서워."

　가차 없이 대답하자, 소녀는 이를 갈았다. 그렇지만 눈동자는 즐거워 보이네.

"으그그…… 여전히 난공불락! 하지만 그래야 저의 낭군님이세요!!"

"낭군님 아니라고~."

"우~……가끔은 사탕을 주셔도 좋지 않을까요?"

"자."

깨 경단을 하나 집어서, 명령에게 훌쩍 던져 주었다. 듣자니 맛있기로 유명한 【서동】산 참깨를 입수하지 못해서 국내산으로 해버렸다는 것이 조금 불만스럽다던가.

뜻밖에 운동신경이 좋은 소녀가 입으로 삭 받아내고──.

"……에헤에♪ 아주, 맛있어요."

행복해 보이는 미소구만.

나 같은 녀석에게 호의를 품어주다니, 별난 녀석이란 말이지……. 소녀가 깨 경단을 다 먹는 시기를 봐서, 나는 찻잔을 내려놓았다.

"──명령."

"네에?"

연상의 소녀는 고개를 갸우뚱 움직이고, 커다란 눈동자로 나를 보았다.

바람으로 소녀의 머리칼이 흔들리는 가운데, 나는 깊이 고개를 숙였다.

"식량 운송. 병사들이 참 기뻐하고 있다. 감사하지. 내 머리로 해결하는 건 무리였어. 의부님과 각 장수에게도 이야기를 해뒀으니, 앞으로도 부디 잘 부탁한다."

의부님이 내게 맡긴 임무——.

『최전선에서 적군과 눈싸움을 하고 있는 아군 장병 약 5만의 식량 사정을 개선하라.』

당연히 그리 간단히 해결할 수 있는 것이 아니었고, 계절에 따라 바뀌는 바람이나, 대운하를 항행하는 배의 수도 문제가 된다. 구체적인 안을 만드는 것마저도 어려울 것이라고 누구나 생각했다.

왕명령만 제외하고.

눈앞의 소녀는 나한테 그 이야기를 들은 뒤, 보는 사람이 경탄스러울 정도의 열의로 문제에 매달리더니—— 갈 때는 해로, 귀로는 대운하를 써서 식량 문제를 해결해 버렸다.

나는 그저 『해로도 병용할 수 없나?』라고 한마디 한 정도고, 그밖에는 아무것도 안 했다.

——고개를 계속 숙이고 있는데, 대답이 없다.

바람이 물과 꽃과 흙 내음을 실어왔다. 시즈카 씨가 손님을 데리고 온 모양이군.

이윽고, 명령은 커다랗게 한숨을 내쉬었다.

"…………하아."

고개를 들자—— 손으로 볼을 괸 소녀가 볼을 살짝 붉게 물들이며 나를 노려보고 있었다.

"……저는 척영 님의 생각을 구체화하여, 실행을 단계적으로 정비한 것뿐입니다. 여행을 오래 한 시즈카가 해로에 대해서도 잘 알고 있었고요. 그리고 말이죠……."

"응?"

볼을 커다랗게 부풀리고, 명령은 탁상에 엎드리더니 양손으로 탁상을 두드렸다.

"그렇게, 간단히 고개를 숙이지 말아 주세요! 벗이나 부하를 위해서라면 어떤 치욕도 감수했다는 고대의 『황영봉』인가요?! 치사해요!! 반칙이에요!!! 전선에서 노력하는 장병을 위해서라면 자기 명예 따위 신경 쓰지 않는 사내라니── 또 도와주고 싶어지잖아요오오오오오!!!!!"

날뛰는 소녀를 바라보며, 나는 조금 동요했다.

……생각보다도, 전생의 내 이야기가 세상에 퍼져 있네?

진정하기 위해 석 잔째 차를 한 모금 마시고, 괜히 놀려봤다.

"……그래서, 벌이는 넉넉하게 하는 거지?"

"네♪ 그리고, 그 돈을 써서 물건을 사고, 또 돈벌이를 합니다."

고개를 들고, 꽃이 피듯, 어른스러운 미소를 지었다.

무시무시한 상재를 가진 소녀는 나와 시선을 맞추고 잘라 말했다.

"그렇게── 천하가 돌고 도는 겁니다. 기억해 주세요? 미래의 대영웅 나리."

"…………."

약간 쑥스러움을 느끼고, 나는 볼을 긁적이면서 얼굴을 저택 쪽으로 돌렸다. 아직 시즈카 씨가 돌아올 낌새가 없군. 시선을 되돌려 고개를 저었다.

"나는 지방 문관 지망이야. 시골이면 시골일수록 좋아. 그리고, 참한 색시랑 같이 아이를 키우면서, 비 내리는 날은 책을 읽으며 보낸다. 더 이상 바랄 게 없지!"

"무・리입니다! 당신은【현】나라가 자랑하는 네 명의 맹장 중한 명——『적랑』을 서북으로 물리쳤잖아요? 그런 인물을 지방 문관으로 둘 만큼, 이 나라에 여유가 있진 않다고 생각해요★ 최근에는 기념품으로【서동】의 물건을 들고 오는, 상인으로 변장한 『쥐』들의 수도 늘어나는 모양이니까요."

놀리는 것 같은 어조였지만, 내용은 삼엄하다.

지난번 구엔의 습격 정보는 극비사항이고…… 현 나라의 밀정 수가 늘고 있단 말이지.

나는 소리를 죽여서, 소녀의 이름을 불렀다.

"……명령."

"아무한테도 말 안 했어요. 우리나라와【서동】사이를 찢어놓으려는 노골적인 이간책이라고 생각합니다. 전쟁에 흥미도 없고요. 제가 알고 싶은 것은——."

소녀의 진지한 시선이 나를 꿰뚫었다. 이걸 피할 정도로——사내를 관두지는 않았다.

"당신에 대한 것뿐이랍니다. 하지만, 전란이 이어지는 한, 언젠가 다들 알게 될 거예요. 평온을 바라신다면, 얼른 장씨 가문에서 나오시는 게 좋지 않을까요?"

"…………."

나는 세 번째 차를 들이켰다. 방금 전보다 차가 떫은 느낌이야.

깔끔한 동작으로 잔을 손에 든 재녀의 물음.

"당신이 신경 쓰시는 것은—— 자주 이야기하시는, 장백령 님이군요?"

"……그야, 뭐."

"어째서인가요? 어째서, 그렇게까지 신경 쓰시죠??"

묘한 압력에 굴복하여, 나는 잔을 탁상에 놓았다. 저택 안이 소란스럽군. 그 정도의 손님인가?

명령의 시선을 받으며 고백했다.

"단적으로 말하면…… 그 녀석에게 은혜를 입었어. 내 목숨을 구해준 대은인이지."

북풍이 불어, 나와 소녀 사이를 지나갔다. ……바람이 바뀌었나?

명령이 눈을 깜박였다.

"목숨……인가요?"

너그럽게 고개를 끄덕이고, 나는 어쩐지 모르게 하늘을 올려다보았다.

"신진기예의 대상인인 왕씨 가문이잖아. 내 출생도 조사했지? 나는 고아야. 상인이었던 부모님과 사용인들이랑 여행을 하던 도중에 경양 교외에서 도적의 습격을 받았지. 유일한 생존자였던 나를 어쩌다가 순찰 나왔던 의부님이 구해주었지. ……다만, 정작 나는 거의 기억이 없지만."

──희미하게 기억하는 것은 황야의 차가운 바람과 짙은 피 냄새.

다음에 정신이 들었을 때는 침대에 누워 있었고, 옆에 놓인 의자에서 어린 백령이 졸고 있었다.

상반신을 일으키려다가, 머리와 몸에 격통이 흐르고── 그 순간 갑자기 떠올랐다.

『나는 황영봉의 전생이다』라고.

눈앞의 소녀가 조용히 물었다.

"……장 장군께서 구해주신 것에, 은혜를 느끼는 것은 이해할 수 있어요. 하지만 답이 되질 않아요. 제가 물어보고 있는 건──."

"그리 서두르지마, 왕명령── 이야기를 계속하지."

가볍게 왼손을 흔들고, 나는 한쪽 눈을 감았다.

재녀가 어린애처럼 볼을 부풀리고 입을 다물었다.

"의부님이 구해낸 나는 그 직후부터 열흘 정도 고열에 시달려서…… 사경을 헤맸어. 의식도 몽롱했으니, 꿈을 꾼 걸지도 모르겠군."

소녀와 시선을 맞추었다.

평소의 쾌활함은 없고, 순수하게 진지함만 그곳에 있었다.

"하지만. 천막 바깥에서 어른들이 나를『불길한 아이』라고 부르면서── 처리해야 한다고 강경하게 주장한 건 계속 들렸어. 그리고, 그 녀석이…… 백령이 울면서 반대하는 목소리도.『한 번 구해냈는데! 또 한 번, 죽으려고 하지 말아요!!』── 옛날부터 냉정한 녀석이었지만, 감정이 고조되면 목소리가 커진다니까."

깨 경단을 입에 넣고, 쓴웃음을 지었다.

그렇지만, 명령의 표정은 변함없이 진지했다.

"다시 말해서…… 그것이, 그것이 바로 장백령 님에 대한."

"은혜, 라는 거지. 그 녀석은 기억 못 할지도 모르고, 내 환청이었을지도 몰라. 직접 물어본 적이 없으니까. ……하지만."

시즈카 씨가 누군가와 대화하는 소리가 확실하게 들렸다. 이쪽으로 오는군.

"나에게는 너만큼의 학식도 없고, 지혜도 없어. 그러나 사람으로서, 갚아야 할 것이 무엇인지는 이해하고 있다. 나는 그 녀석이 행복해지는 것을 지켜볼 때까지 장씨 가문을 떠날 수가 없어. ……지금 한 얘기, 비밀이다?"

단숨에 이야기를 마치고, 나는 쑥스러움을 감추고자 차를 단숨에 들이켰다.

독특한 풍미가 역시 맛있군. 기념품으로 조금 받아갈까?

그런 생각을 하면서, 소녀에게 통고했다.

"──그렇게 됐으니. 나를 낭군 삼는 건 포기해. 투차도 매번 지잖아? 너한테는 흘러넘치는 상재가 있으니, 남자라면 얼마든지 고를 수 있을 거야."

마지막에만 좀 놀리면서, 나는 이야기를 마쳤다.

만을 넘어서는 군의 식량 반입을 막힘 없이 해내는 인물은 그리 많지 않다.

하물며, 그것을 이룩한 것이, 집안의 권력을 썼다고 해도 겨우 열일곱 먹은 소녀다.

왕명령의 재능은 전생의 내 벗── 왕영풍에게 닿을지도 모른다.

잠시 지나, 재녀가 자기 가슴에 왼손을 올리고, 조용히 입을 열었다.

"……조건을."

"응?"

명령의 눈동자에, 처음 보는 결의의 불꽃.

……어, 어라? 포, 포기해야 하는 때 아냐?!

내가 허둥거리고 있는데, 소녀는 거칠게 일어서서 외쳤다.

"조건을 말씀해 주세요! 척영 님의 마음은 이해했어요. 그렇지만…… 그렇다고 해서, 저 왕명령! 물러날 수는 없습니다!! 저도── 저도! 당신이, 목숨을 구해주신 걸 잊었나요?"

"어, 저기~, 그게……."

"지금 그 얘기, 어떤 의미인가요?"

"'!'"

예리한 목소리가 귓바퀴를 때렸다.

나와 명령이 황급히 시선을 돌리자, 연못 옆에 서 있는 사람이…….

"배, 백령?! 어, 어째서, 네가 여기 있는 거야?!"

＊

"용건은 끝났어요. 장소는 백모님이 남긴 글을 봤죠. 자, 대답하세요."

"너, 너 말이지……."

재빨리 작은 다리를 건너온 은발창안의 미소녀. 냉기마저 느껴지는 시선 앞에서 나는 말꼬리를 흐렸다.

배, 백모님……. 도읍에 없는데도, 당신이란 사람은!

대기하고 있던 시즈카 씨가 『척영 님, 힘내세요!』라고 시선으로 전달했다.

……어째서 이렇게 됐지.

현실 도피를 하고 있는 나와 다르게, 왕명령은 우아하게 일어서서 백령에게 인사를 하고 자기소개를 했다.

"처음 뵙겠사옵니다. 왕인(王仁)의 장녀, 명령이라고 합니다. 장백령 님이시군요? 오래── 참으로 오래 알고 지내게 될 거라 생각하오니, 부디 사이좋게 지내 주세요♪"

"장백령입니다. 식량 건에 감사하겠어요. 정말 고맙습니다. 다만── 저 개인은, 당신과 사이 좋게 지낼 생각이 전혀 없어요."

""……홋.""

두 소녀 사이에 격렬한 불똥이 튀고, 맹렬하게 싸우는 용과 호랑이의 모습이 선하게 보였다.

식은땀을 흘리면서, 나는 백령에게 다른 화제를 꺼냈다.

"아~…… 조하는?"

"아버님과 함께 있어요. 저는 어린애가 아니니까, 지도가 있으면 길을 잃지 않아요."

"……네."

선택을 잘못했군. 시즈카 씨가 쓴웃음을 짓는 걸 알았다.

이 동안에도 명령을 노려보고 있던 백령이 말없이 시선을 움직였다.

『얼른 일어서.』

심장이 얼어붙는 감각.

이유는 도무지 알 수 없지만…… 이렇게까지 기분이 틀어진 백령에게 저항할 방도는 없다.

두 손을 들고 항복했다.

"알았어. 돌아——."

"어라? 벌써 돌아가시는 건가요~?"

"! 명령 씨?!"

의자에 앉아서, 시즈카 씨에게 찻잔을 받은 소녀가 백령에게 생긋 웃었다.

내 등에 손을 돌린 백령도 가면처럼 웃었다.

"죄송합니다, 아버님이 기다리고"

"저와 척영 님의 만남, 듣고 싶지 않으신가요?"

"!"

"무슨?!"

백령과 내 움직임이 급정지했다.

무시무시한 재녀는 그런 우리들을 보자마자, 검은 머리의 종자에게 지시를 내렸다.

"조금 더 계실 모양입니다. 시즈카, 백령 님께도 다과를 준비하세요."

"네, 명령 아가씨."

시즈카 씨가 신이 난 기색으로 새로운 차를 준비하기 시작했다. ······안 좋아.

"배, 백령, 의, 의부님이 기다리시니까──."

"조금이라면 문제없어요."

소녀는 단정하고서 의자에 앉더니, 나에게 시선으로 앉으라고 재촉했다. 뻣뻣한 움직임으로 자리에 앉았다.

그러자, 명령이 여유작작한 기색으로 다리를 꼬았다.

"그러면, 이야기 할까요. 저와 척영 님의── 운명적인 만남을!"

＊

저는 임경에서도 이름난 왕씨 가문의 딸로서, 어린 시절부터 부족함 없는 생활을 했습니다.

아버지도 어머니도 실력 있는 상인으로, 나라를 건너다니며 동분서주하셨어요.

함께 보낸 기억이 그리 많지는 않습니다만, 운이 좋다고 생각합니다.

······그러나, 어머니는 그렇다 치고 아버지가 아무래도 과보호십니다.

저도 올해로 열일곱.

그럼에도, 아무리 부탁을 해도 임경에서 나가지 못하게 하십니다.

아버지도 어머니도 위험한 지역에 직접 나서고 계시는데요!

그래서── 저는 계략을 꾸며, 대운하를 운행하는 우리 집안의 운송선에 숨어들었습니다. 왕씨 가문에게 대운하의 수운은 생명선이니까요.

언젠가, 집안을 이을 몸으로서는 현장을 알아야 한다. 그렇게 생각했습니다.

──제 계획은 막힘 없이 성공했습니다.

시즈카에게는 들켜서, 선장이 웃으면서 반겨주었습니다만…… 어, 어쨌거나, 성공입니다!

처음에는 배를 타고 여행하는 것이 참으로 신선하여, 선원에게 계속『저것은 뭔가요?』『지, 지금, 수면에 기괴한 생물이?!』라고 물어보고 다녔던 기억이 있습니다.

──이변이 일어난 것은, 목적지인 경양에 도착하는 아침이었습니다.

선실에서 푹 자고 있던 저를 시즈카가 깨웠을 때, 이미 긴박감 있는 명령이 날아다니고 있었어요.

『수, 수적이다아아아!!!!!』

『어, 어째서, 대운하에?!』

『소금세를 못 낸 놈들이겠지.』

『바람이 약하다! 노를 저어라!!』

『사공이 부족합니다!』

세상 물정이 어두운 저라도, 범상치 않은 사태가 일어나고 있는 것은 쉽사리 이해했어요.

시즈카를 끌어안고 갑판에 나오자, 십수 척의 조각배가 우리들의 배를 공격하고 있었습니다.

주 돛의 기둥에서는 깃발이 나부끼지 않았습니다. 평소라면 불고 있는 바람은 잠잠했어요.

노재상 각하가 소금의 가격을 내린 이후로, 대운하를 따라 수적이 나타나지 않았기에 사공을 줄였으니── 이대로는 도망칠 수 없는 것이 자명했습니다.

『……명령 아가씨는, 무슨 일이 있어도, 제가 지키겠습니다.』

속삭이는 시즈카의 말을 들을 틈도 없이, 우리는 명백하게 궁지에 몰리고 있었습니다.

선원들이 익숙지 못한 무기를 쥐는 가운데, 최후방의 적선에 탄 적의 수괴로 보이는 야비한 남자가 폭이 넓은 칼을 들어──

『끅?!』

『?!!!!』

다음 순간 어깨에 화살을 맞고 몸부림치며 수면에 낙하하는 것이 보이더니, 거의 동시에 파수를 보던 선원이 외쳤습니다.

『적선 후방에 군선! 깃발은── 【장】이다!!!!!』

선상이 조용해지고── 모두의 환성이 울려 퍼졌습니다.

이 나라에서 사는 자 중에 【장호국】의 이름을 모르는 자는 없습니다.

가슴에 안도가 가득해지고, 다리에서 힘이 풀린 것을 강하게 기억합니다.

그렇지만, 저는——.

『명령 아가씨?!』

시즈카의 팔에서 빠져나가, 뱃머리로 달려갔습니다.

——이유는 단순합니다.

천하에 무명을 떨치는 장가군의 무용을 직접 보고 싶다. 그렇게 생각했습니다.

시즈카가 뒤에서 따라오는 것을 느끼며, 저는 뱃머리에 도착하여——.

『! 저, 저것은…….』

이 눈으로 분명히 보았습니다.

반격의 화살을 무시하듯, 훌륭한 활 솜씨로 차례차례 수적을 꿰뚫는 흑발의 용사를!

——그분이야말로.

*

명령이 눈동자를 반짝이며 가슴을 쭉 폈다.

"척영 님이었다. 라는 것입니다! 그다음에도 차례차례 수적을 쏘아 맞히는 용맹한 자태! 우후후♪ 지금도 때때로 꿈에 나온답니다. 극적인 만남이라고 생각지 않으시나요?"

……그, 그~게.

나는 낯간지러움을 느끼면서, 천천히 옆에 있는 백령을 보고 시선을 흔들었다.

은발의 소녀는 차를 조용히 마시면서, 종자에게 미소를 지었다.

"이 차…… 참으로 맛이 깊군요. 맛있어요, 시즈카 씨."

"감사합니다, 백령 아가씨."

백령과 시즈카 씨가 둘이서 온화하게 대화한다. 마음이 맞나 보군.

그에 비해서…… 다시 명령을 보자, 볼을 크게 부풀렸다.

"자, 잠까안! 제 이야기를──."

"이해했어요."

찻잔을 내리고, 백령은 명령과 시선을 맞추었다. 벼락이 치는 환상이 보였다.

"요컨대 당신이 타고 있던 배를 우리 군선이 구하고, 그걸 계기로 임경에 가는 이유── 병량 문제 이야기를 했다. ……그리고."

월병을 집던 나를 은발의 소녀가 찌릿 노려보았다.

괜히 단정한 탓에, 묘한 압박감이 들어 주춤하게 된다.

"우리 더부살이가 당신의 부모님 마음에 들었다── 맞나요?"

"감이 좋으시군요. 정답입니다."

이때 나는 뱀── 아니, 용 앞의 개구리처럼 몸을 웅크리고 있었다.

장백령은 화가 나면 무섭다.

──손뼉을 치는 소리가 울렸다.

"""!"""

우리가 일제히 시선을 돌리자, 시즈카 씨가 함박웃음을 짓고 있었다.

"명령 아가씨, 척영 님과 백령 님은 용건이 있다고 하셨습니다. 오늘은 이만하시는 것이 어떨까요?"

"어? 아……그, 그렇네! 척영 님, 아직 도읍에 머무르실 계획이죠??"

"응, 그, 그래."

입을 쩍 벌리고 있던 명령이 제정신을 차리고, 나에게 물어보길래 수긍했다. 의부님이 돌아오실 때까진 있어야겠지.

다음으로 검은 머리의 누님이, 은발의 소녀에게 생긋 웃으며 제안했다.

"백령 아가씨. 기념품이 있사옵니다. 저택 안으로 와주세요 ♪"

"……하지만."

"나 먼저 가진 않을 거야."

힐끔거리며 나를 보길래, 가볍게 왼손을 흔들어 응답했다.

백령은 살짝 표정을 풀고서 일어섰다.

그리고—— 명령에게 눈인사를 하고 다리를 건넜다.

곧장 시즈카 씨도 나와 주인에게 목례를 한 다음 따라갔다. 신경을 써준 거군.

나는 마지막 차를 들이켜고, 소화불량의 표정을 짓고 있는 소녀에게 사납게 웃었다.

"저게 『장백령』이야. 어때? 대단한 녀석이지?"

"……머리가 좋은 건 이해했습니다."

명령은 마지못한 기색으로 내 의견에 동의하는 말을 했다.

버릇없이 다과를 손으로 집어 먹으면서, 어린애처럼 토라진다.

"하지만, 저는 절대 지지 않아요! 반드시 승리합니다!!"

"애당초 무슨 승부인데……?"

마지막 월병을 와르르 입에 쏟아 넣은 재녀는 답하지 않고, 등을 쭉 폈다.

그리고 내 눈을 똑바로 보면서 풍만한 가슴을 자기 손으로 누르며 호소했다.

"오늘 투차도 제가 졌어요. ──그렇지만! 왕씨 가문에『지기만 한다』와『은혜를 안 갚는다』라는 문자는 없습니다! 척영 님, 이 왕명령에게 명해주세요!! 설령, 아무리 무리한 난제라도, 제가 그것을 달성하여, 당신의 처가 되겠습니다!!! 아, 검과 활은 별개랍니다? 찾아두겠어요♪ 외륜선의 답례도 해야 하니까요!"

"…………."

왕명령은 재녀이며, 포기를 모른다. 이건 만난 지 얼마 안 됐지만 사무칠 정도로 이해하고 있었다. 내가 예전에 농담으로 말한『바람 없이도 움직일 수 있는 고속선』도 건조해버린 모양이군.

더불어서…… 세상은 매정하다. 대개의 문제는 드높이 쌓인 은화 앞에서 무력하다.

포기하게 만들려면 절대 불가능한 난제를 내는 수밖에 없지! 그러나…… 어렵군.

문득, 의자 옆에 세워둔 내 검이 보였다.

──검, 이라.

나는 대답을 기다리는 명령한테 자연스럽게, 이런 말을 했다.

"그러면—— 과거, 황 제국의【쌍성】이 썼다는,【천검】을 찾아서 가져다줘. 그 쌍검이 내 손에 들어오면, 너랑 혼인하는 걸 진지하게 생각하지."

"【쌍성의 천검】…… 천 년 전의 영웅이 휘둘렀다는 전설의 쌍검……."

명령은 눈을 커다랗게 뜨고 그 말을 반복하더니, 넌지시 물었다.

"……지금 그 말은 정말, 인가요?"

"그래."

"두 말은——."

"없어."

임경에 오는 동안 『황서』랑 그 뒤로 이어지는 사서를 대강 다 읽었다.

영풍이 떠난 이후 약 천 년.【천검】은 발견되지 않았다.

아무리 명령이라도 이 세상에 없으면 찾을 수 없겠지.

"과연. 알겠습니다. ——그러면."

재녀가 일어서더니, 그 자리에서 빙글 1회전.

머리칼을 나부끼며 정지하더니, 오른손을 자기 왼쪽 가슴에 올리고 드높이 선서했다.

"저 왕명령! 전력을 다해서【천검】을 찾아내, 장척영 님께 바칠 것을 맹세하겠어요! 그리고, 그때가 되면, 제 낭군님으로—— 우후후~ ♪"

"……멋대로 낭군 삼지 마."

나는 과거에 수많은 전장을 함께 달린 애검을 생각하면서, 틀린 말을 지적했다.

그렇지만, 명령은 의기양양하게 양손을 움켜쥐고,

"아니요! 가까운 장래에 그리될 테니 문제없어요♪ ……최대의 연적도, 상상 이상으로 물렁물렁했으니까요…… 두려울 것 없죠!"

중간에 등을 돌리고, 작은 소리로 뭔가 중얼거린다. 나는 쓴웃음을 지었다.

"……위험한 짓은 금지다?"

"괜찮아요! 저한테는 시즈카가 있으니까요!! ——무엇보다."

명령이 나이에 걸맞은 소녀의 표정을 지으며, 나에게 다가오더니 얌전하게 끌어안았다.

"여차할 때는 미래의 낭군님이 구해주실 테니까요!! ……궁중에서는 전황의 낙관론과 장 장군을 경시하는 소리가 커지고 있는 모양입니다. 또한, 방금 전 쥐들의 이야기도, 아주 조금 위화감이 있어요. 부디 조심하세요."

"……적당히 해라? 정보 고마워. 뭔가 알아내면 알려줘."

백령은 저택의 정문 근처에서 날 기다리고 있었다. 손에는 낯선 천 꾸러미. 시즈카 씨가 들려준 선물이겠지.

다가가서 아무 말 없이 손을 뻗었다.

"…………."

은발 소녀는 말없이 천 꾸러미를 나에게 건네고 몸을 돌렸다.

정문을 빠져나갈 때 뒤를 돌아보자 명령과 시즈카 씨의 모습이 보이길래 손을 흔들었다.

백령도 눈인사를 했다. 저 검은 머리의 종자와 꽤 친해진 모양이군. 집 밖에서는 얌전해지는 이 녀석치고는 희한한 일이야.

저택을 나서서 둘이 길을 걸었다. 해가 기울어 밤이 다가온다.

장씨 가문 저택은 일반 서민이 사는 북부에 있기 때문에 조금 걸어야 하지만…… 임경의 치안은 안정되어 있으니 괜찮겠지. 조하도 마중을 안 나올 정도다.

차례차례 가게의 제등과 등롱이 밝혀지고, 서둘러 귀가하는 수로의 조각배를 바라보며, 인적이 별로 없는 다리에 올라섰을 때.

"……아까."

"응?"

"저희들이 간 다음, 그 애와 어떤 이야기를 했나요?"

백령이 갑자기 멈춰서, 등을 돌린 채 물었다.

나는 머리 뒤에 손을 깍지 끼고 순순히 대답했다.

"거의 불가능한 물건 찾기를 부탁했지. 아~…… 첫 출진 말인데."

"……딱히 전혀 신경 안 써요. 시즈카 씨에게 차를 받았습니다. 보기 드문 서동의 물건이라고 해요. 저택에서 타볼게요."

"나한테도?"

"당연히—— 아버님과 저, 조하 것뿐입니다."

"너무해."

평소처럼 농을 주고받으며, 우리는 다시 걷기 시작했다.

백령도 어느 정도 기분을 회복했는지, 발걸음이 아까보다 가볍다.

그건 그렇고,

"서동, 이라……."

나는 소꿉친구의 반짝반짝 빛나는 은발을 바라보며, 독백했다.

거짓인지 참인지── 수백 년 전, 선낭(仙娘)이 건국한 이후로 우리 나라와 우호 관계를 맺고 있는 교역 국가다.

국내의 대광산에서 산출되는 철광석을 이용한 금속 제품이 유명하며, 서방과 우리나라와의 교역으로 쌓은 부를 이국에서 가져온 신기술 개발에 쏟는다고 들었다.

국토 자체는【영】나라 쪽이 몇 배는 더 넓다.

다만,【서동】국토의 북동부는【현】나라와 접해 있지만, 준험한 칠곡산맥이 이어지고, 북서부는 백골 사막이다.

이 가혹한 지형은 놈들의 주력인 기병의 통과를 용납하지 않아서…… 지금까지 싸우지 않고 영토를 지켜왔다.

다른 지역도 이동이 용이한 평야는 경양으로 이어지는 동부 뿐이기에 서동의 물건들은 희소성을 가지고 있다.

아무리 대상인인 왕씨 가문이라도, 특급 찻잎을 입수하기 어려울 정도다.

──그렇지만, 그것이 지금, 내 손에 있다.

다시 말해서, 상인으로 변장한 『쥐』들이 상상 이상으로 많이 들어와 있으며…… 임경이 이런 상황이면, 경양도 확실하리라.

명령은 구엔 일도 포함하여 이간책이라고 판단했지만, 위화감도 느끼고 있는 모양이다.

만약…… 진심으로 그 나라가 배신했다면.

"척영? 왜 그러죠?"

멈춰서 생각에 잠기자, 백령이 걱정스럽게 들여다보았다.

"――응? 아아, 미안해. 좀 생각에 잠겼네. 가자."

한쪽 눈을 감고 소녀를 재촉하며 결의를 굳혔다.

만에 하나를 생각하여, 의부님에게 새삼 진언을 해둬야겠군.

『【서동】에 배신의 우려가 있다』라고.

사람 사는 세상은 무슨 일이 일어날지 모른다.

*

"저, 저기…… 백령……."

"안돼요. 이제 그만 포기하세요. 사내 아닌가요?"

"우으……."

거울에 비친 내 얼굴에는 비장감이 넘치고 있었다. 입고 있는 검은 예복의 옷매무새를 백령이 가다듬어 주었다.

창밖에서 작은 새들이 지저귄다. 아아…… 나도 날아가 버리고 싶어.

그동안에도, 하얀색과 녹색의 예복을 입고 앞머리에 꽃장식을 단 은발 소녀는 척척 내 복장을 정돈하고 있었다. 무심코 말이 툭 흘러나왔다.

"너는 모를까…… 내가 황궁에 가는 건 좀…………."

내 입장은 대외적으로 보면 미묘하다.

의부님과 백모님은 『말할 것도 없이, 장씨 가문의 일원이다!』라고 말해준다.

"? 뭔가요? 이상한 표정을 짓네요. 자, 이제 됐어요."

눈앞의 소녀도 그렇게 생각할 거야.

──그러나, 세상의 시선은 다르다.

장태람의 별칭인【호국】은 몇 번이고 현 제국의 침공을 막아냈기 때문에 민중 사이에서 자연 발생하여 붙은 것이다. 황제의 귀에도 들어갔을 정도다.

그런 집안의 이분자가 나였다.

의부님은 몇 번이고, 나에게 정식으로『장』씨 성을 내리고 싶다며 궁중에 말을 했었지만⋯⋯ 늘 좌초됐다.『북벌파』의 필두인 장씨 가문의 세력이 아주 약간이라도 강해지는 것을 좋아하지 않는 세력이 도읍에서 힘을 가지고 있다. 배후의 아군이야말로 진정한 적⋯⋯. 어느 시대도 사람은 변하질 않는군.

황혼을 바라보고 있는데, 백령이 방금 전 내 말에 대답했다.

"노재상 각하의 배려입니다. 어제 면담을 했을 때, 다음번에는 꼭 당신도 같이 오라고 말씀을 하셨어요. 다행이네요. 흥미가 있으신 모양인데요?"

"으헤에."

피부가 술렁거려서, 나는 몸을 떨었다. 궁중의 능구렁이 상대는 도저히 못할 것 같다.

백령이 앞으로 돌아와서, 손을 뻗었다.

"⋯⋯옷깃이 흐트러졌어요."

"아니, 내가 할 거야."

"움직이지 마."

"……네."

항복하고 격자창 밖을 보자, 조하와 시녀들이랑 눈이 마주쳤다. 입술을 움직이고 있군.

(척영 님, 잘 어울려요!)

(백령 아가씨를 잘 부탁드립니다♪)

……남방에 거래를 하러 가셨다는 백모님의 교육이 결실을 맺은 걸까?

내심 탄식하고 있는데, 복도에서 저벅저벅 커다란 발소리가 울리고 짙은 녹색의 군장을 입은 의부님이 방에 들어왔다.

"백령, 척영! 준비는 됐느냐!!"

"네, 아버님."

"……의부님. 정말로 나도 가는 겁니까?"

내가 한심한 소리를 내면서 애원했다.

백령이 게슴츠레한 눈으로 보는 걸 자각하고 있지만, 명장이 늠름한 표정을 지었다.

"척영, 오늘은 포기하거라. 황궁 입구 근처의 대합실 같은 곳에 있으면 되는 것이야. 다른 귀족 자제들도 있을지 모른다."

"네에."

있든 없든 상관 없지 않나── 의부님이 나를 보고 살짝 고개를 끄덕였다.

『은발창안의 여자는 재앙을 부른다』.

대륙 서방 출신이 적었던 시대에 퍼진, 곰팡이가 필 정도의 낡은 미신이다.

그렇지만, 궁중 안의 권력 투쟁에 힘을 쏟는 귀족 중에는 아직도 믿는 자가 있겠지.

……백령을 혼자 두지 말고, 내가 방패가 되면 된다는 건가?

기분이 가벼워져서, 의부님과 주먹을 마주쳤다.

"만사, 이해했습니다. 밤에는 맛있는 밥을 먹여주세요."

"오냐! 맡겨두거라!!"

"……둘이서만 통하지 마세요. 시간이 된 것 같아요."

백령이 뜰의 물시계를 가리켰다. 이제 그만 출발해야 안 늦는다.

──그럼, 황궁에 갈까!

"수고하십니다, 장 장군! 안내하겠습니다. 일행분들은 여기서 기다려 주십시오."

임경 남부에 자리 잡은 거대한 황궁.

용과 봉황이 그려진 주색의 대정문을 통과하여, 궁전 안으로 발을 들인 우리를 금군의 젊은 사관이 불렀다.

그가 가리킨 방 안에는 몇 개의 긴 탁자와 의자. 이미 몇 명이 기다리고 있는 모양이었다.

의부님이 우리들의 어깨를 두드렸다.

"백령, 척영, 그러면 나중에 보자꾸나. 그렇게 시간이 걸리진 않을 게다."

"다녀오세요."

"건투를 빕니다!"

인사를 하자, 만족스러운 기색으로 사관을 동반하여 돌 회랑을 나아갔다.

나는 백령에게 눈짓하여 대합실로 갔다. 가까운 의자에 앉아서 보니, 찻잔과 다기가 있었다.

평소에 이런 자리에서는 마주 앉는 은발 소녀가 보기 드물게 옆에 앉는다. 눈으로 백령에게 『마실래?』하고 물었지만, 고개를 저었다. ……긴장했나 보군.

차를 마시고, 표정을 찌푸렸다.

"……맛이 없네."

어제 최고급품을 마신 탓도 있지만…… 그래도 좀 심하다.

여차할 때 전선에 나서야 하는 황제 직할의 금군이 이렇다면, 다른 군은 뭐.

내가 암담한 마음을 품고 있는데, 방에 있던 젊은 귀족 같은 곱상한 남자가 외쳤다.

"어이, 거기 너!"

"?"

연령은 우리보다 조금 위. 20대 초반으로 보인다. 허리에는 금과 보석으로 장식된 의례용 검을 찼다.

나와 백령은 물론이고, 의부님마저도 검의 휴대가 용납되지 않는다. 궁중에서 그것이 용납되는 신분인가…….

그 남자는 싱글싱글 웃으며 다가왔다. 화려한 검에 비해 전혀 단련이 되지 않았군.

후방에 몇 명의 젊은 남자들을 이끌고, 나를 내려다보았다.

"못 보던 얼굴이군. 이름을 들어보지."

……의부님과 명령의 염려가 적중해버린 모양이야.

백령이 불안한 기색인 것은 안 보고도 알 수 있었다. 아무렇지 않은 태도로 이름을 밝혔다.

"장씨 가문의 더부살이인 척영이다. 당신은?"

그러자, 젊은 남자가 이름도 밝히지 않고 삿대질을 하며 멸시의 시선을 보냈다.

"……모르는 이름이군. 게다가, 장씨 가분의 더부살이라니! 귀족조차 아니지 않은가! 여기는 황제 폐하께서 계시는 황궁이다! 하천(下賤)한 자는 물러가라!!"

『물러가라!』

동시에 후방의 남자들도 입을 모아 외쳤다. 범의 위엄이 아닌 아버지의 위엄, 이란 거군.

쓴웃음을 드러내지 않도록 하면서, 고개를 숙였다. 의부님과 백령의 얼굴에 먹칠을 할 수는 없지.

"분명히 맞는 말일세. 금방 나갈 테니, 잠시만 눈감아 주시게. 이렇게 부탁하겠네."

"…………읔."

백령이 분노의 말을 삼키는 걸 알 수 있었다.

나를 괴롭혀주겠다는 심산이 어긋나 버린 탓인지, 남자가 머쓱한 기색이다.

"……흥!"

그리고, 시선을 옮겨 백령을 보았다. 입가가 일그러지더니, 외쳤다.

"그쪽 여자! 네 이름은 뭐냐!!"

백령은 잠시 대답 못 했지만── 이윽고 입을 열었다. 목소리가 조금 떨린다.

"……장태람의 장녀, 백령입니다."

"장태람? ──후하하하하."

홍소가 실내에 울려 퍼지고, 선두의 남자가 싱글싱글 웃으며 거창하게 어깨를 으쓱거렸다.

"이거야…… 북쪽 시골에서『북벌』,『북벌』을 시종 외쳐대면서, 군사비랍시고 돈을 조르는 시골 장군의 딸인가! 저 하천한 자도 그렇고, 황궁에 용케 들어왔군!!"

"…………큭."

"………… ."

백령이 입술을 깨물고, 나는 차갑게 사고했다.

장태람을 매도할 수 있는 귀족은 한정된다. 이 멍청이는 상당한 실력자의 식솔인가 보군.

……영 제국도, 그리 오래 못 갈지도.

냉엄한 사실을 생각하고 있는데, 남자는 의례검을 뽑아서 백령에게 겨누었다.

"게다가, 네놈의 그 머리와 눈…… 재앙을 부르는 은발창안. 어서 꺼지거라!! 너 같은 자가 있으면 도읍에 재앙을 부른다!! 조부님 손을 번거롭게 하지 마라!!!"

"조부님?"

몸을 떠는 백령에게서 주의를 돌리기 위해, 사내에게 되물었다. 그러자 예상대로 비웃었다.

"그런 것도 모르는가? 내 조부가 바로, 영 제국의 기둥인 대승상이로다!"

"……대승상이 아니라, 재상이겠지요. 역사상, 『대승상』이라고 불린 것은 【쌍성】의 한 명, 왕영풍뿐일 겁니다."

내가 말의 의미를 생각하기 전에, 소녀가 차갑게 중얼거렸다.

곱상한 남자의 눈썹이 치켜 올라가고, 갑자가 백령의 꽃장식을 강탈했다.

"앗!"

"이런 싸구려를 황궁에 달고 오다니—— 버릇없는 자로군!"

"그만둬!!!!!"

비명과 의자가 쓰러지는 소리. 바닥에 팽개친 꽃장식을 사내가 짓밟았다.

일어서 있던 백령이 멍하니, 그 자리에 주저앉아 버렸다. 볼에 한줄기 눈물이 흘렀다.

재상의 손자라는 사내는 싱글싱글 웃으면서, 백령의 앞머리를 스치듯 검을 휘둘러——.

"끄악!"

『?!』

그 순간—— 나는 도약하여 남자의 안면에 주먹을 때려 박았다. 검은 공중으로 날아갔다.

기절한 남자는 낙법도 치지 못하고, 피거품을 뿜으면서 그 자리에 쓰러졌다.

"……약하네."

한마디 내뱉고서, 떨어지는 검을 차서 부러뜨렸다.

상황을 이해 못 하고 멍하니 있던 추종자들이 소란을 피운다.

"네, 네놈!"

"무, 무슨, 무슨 짓을?!"

"우리가 누구라고 생각하느냐!"

"……이보셔……."

나는 시선을 추종자들에게 돌렸다. 남자들이 겁을 먹고 점점 안색이 파래졌다.

"나를 모욕하는 건 용서하지. 나는 황궁 같은 곳에 올 사람이 아니야. ……그렇지만 말이다?"

『~~~윽!!!』

추종자들이 부들부들 떨기 시작했다. 경호하는 병사들도 격렬하게 동요했다.

"의부님을 모욕하고, 백령을 매도해놓고서…… 설마, 무사할 거라고 생각하진 않았겠지? 나는 은인을 업신여기는데 가만있을 정도로, 사람이 좋지가 않아. ……각오는 됐겠지?"

그렇게 말하고, 나는 안면을 파르르 떠는 남자들을 제압했다.

시야 가장자리에서, 예복이 더러워지는 것도 개의치 않고 너덜너덜해진 꽃장식을 끌어안은 채 당장이라도 울 것 같은 백령의 모습이 보였다.

*

"여기입니다, 척영 님. 거칠게 대하고 싶지는 않으니──."

"그래, 알고 있어."

나는 장년의 사관에게 응답하고, 낡은 지하 감옥의 문을 통과했다.

반지하인지, 하나뿐인 높은 창에서 초승달이 보였다.

──철커덕, 자물쇠가 걸렸다.

돌아보며, 흐릿한 등불을 든 사관에게 물었다.

"그래서? 나에 대한 처분은 언제 나오는 거지? 굶어 죽긴 싫은데?"

"알지 못합니다."

담백한 대답을 남기고, 사관과 병사들이 지하 통로를 돌아갔다.

의부님에 대한 경의가 있는 건지, 황궁에서 난투를 벌이고 귀족의 한심한 자제들을 때려눕힌 나에 대해서도 태도가 정중했지만, 한도가 있는 모양이군.

나는 벽에 등을 대고, 차가운 돌바닥에 쪼그려 앉았다.

감옥의 과반은 칠흑의 어둠에 휩싸여, 달빛만 간신히 들어오고 있었다.

"……의부님한테 폐를 끼쳐버렸군…… 백령한테도…….."

그 녀석, 괜찮으려나? 그래 보여도 내 소꿉친구는 울보다.

몸을 쭉 뻗으며 생각하고 있는데── 달빛이 사라졌다.

위쪽 창 앞에 누군가 서 있다. 그림자의 길이를 보니 남자로군.

……이렇게 늦은 밤에, 게다가 황궁인데?

기묘하게 생각하면서도, 외쳤다.

"이봐~. 거기 서 있으면 달이 안 보여. 비켜주지 않을래?"

"──어째서지?"

그 형체는 내 요청을 무시하고 물었다. 이 음색. 상당히 나이를 먹었다. 노인?

내가 그림자의 정체를 추측하는 동안, 담담한 질문이 이어졌다.

"어째서, 궁중에서 그러한 소동을 일으켰지? 귀하는 장씨 가문에 신세 지는 몸이라 들었다. 장 장군에게 해가 될 것을 상상도 못 하는 어리석은 자인가?"

"……노인장, 엄하시네."

나는 쓴웃음을 지으며 다리를 뻗었다. 아침부터 아무것도 안 먹은 탓에 배가 고프군.

머리 뒤에 손을 깍지 끼고 대답했다.

"의부님에게 폐가 되는 건 피하고 싶었지. 그렇지만, 그 바보 자식들은 주워듣기만 한 정보로 의부님을 모욕했어. 그리고, 그뿐 아니라── 내 생명의 은인마저 조롱했지. 그런 상대를 눈감 아줄 정도로 나는 어른이 아니야."

어차피 한 번은 죽은 몸이다.

이번 생에서도 의부님과 백령이 없었다면 진작에 죽었다.

그렇다면── 은인들에게 해가 될 때는, 기꺼이 내 목숨을 내

놓고 말지.

노인이 물음을 거듭했다.

"……그러나, 먼저 손을 댄 것은 귀하가 아닌가? 설령 그 자들에게 잘못이 있더라도, 상처를 입히게 되면 벌을 피할 수 없다."

"응?"

지금 그 말을 곱씹어보고── 결론을 내렸다.

아무래도, 그 자리의 병사들은 『먼저 검을 휘두른 것이 노재상의 손자』라는 사실을 보고하지 않은 모양이군.

……어쩐지 아까 그 사관의 태도가 정중하더라니. 양심의 가책이었나.

의부님들이 필사적으로 전선을 지탱하고 있는 사이에, 임경의 궁중은 썩어가고 있군.

"어떤 세상이든, 사람은 딱히 변함이 없구나."

"? 무슨 의미지……?"

진심으로 의문을 가진 음색이다. 솔직하게 가르쳐줄 생각도 안 들어서, 나는 다리를 꼬았다.

──증인이 있어도, 아버지나 조부의 권력으로 뭉개버린다.

그런 놈들도 이윽고 어른이 되어, 이 나라의 중추에 서겠지. 노인에게 말했다.

"일부러 이런 곳까지 와줘서 미안하지만…… 나는 당신에게 흥미가 안 생겨. 필사적으로 전선에서 싸우고 있는 사람을 비웃고, 자신들은 도읍에서 맛있는 음식과 술을 마시면서, 거짓된 영화를 즐기고 있는 인간하고는 말이 안 통해. 얼른 어디 안 가줄래?"

"…………거짓이라고?"

음색에 처음으로 분노가 스며들었다. 나는 어깨를 으쓱거렸다.

"그야 그렇잖아? 임경이 평화를 누리고, 사람들이 안녕히 살 수 있는 건 의부님이 최전선에서 버티고 있기 때문이야. 그 이상도, 그 이하도 아니지. ……그렇지만."

고개를 들고, 창밖에 보이는 그림자를 노려보았다.

"대하를 끼고 최전선에서 대치하고 있는 적군의 수를 알고 있어? 가장 낙관적으로 봐도 장가군의 세 배야. ……세 배라고. 그런데 내가 아는 한 지난 7년간, 도읍에서 병사, 인재의 지원은 일절 없었어. 성채 구축도 의부님과 각 장수가 자기 재산으로 했지. 도읍 녀석들은 혹시 이렇게 생각하는 거 아닌가? 『적은 존재한다. 그러나, 대하를 넘을 수 있을 리 없다.』"

"………….."

노인이 무겁게 침묵했다. 아무것도 모르는 건 아닌가 보군.

잠시 지나, 쥐어 짜낸 말.

"……실제로, 장 장군은 모두 격퇴하지 않았는가?"

"하아…… 그거, 제정신으로 하는 말은 아니겠지?"

나는 한숨을 쉬었다.

어둠과 동화되어 있는 검은 머리를 쓸어 올리고, 현실을 내밀었다.

"장태람은 불세출의 명장이야. 하지만── 무적의 존재가 아니지. 게다가, 아군이 발목을 잡아끌고 있어. 그에 비해서, 【현】나라의 젊은 황제는 실권을 자기 손에 모조리 쥐고 있으며, 빼어나게

유능하지. 설령 한 번의 전장에서 이겨도, 전쟁에는 못 이겨. 거기에 실제 병력의 질도 너무 다르지. ……이쪽은 불패가 절대조건. 상대는 승리 한 번이면 충분하다. 너무 불리하잖아?"

차가운 밤바람이 지하 감옥에 불었다.

동시에, 내 귀가 창밖의 희미한 발소리를 포착했다.

『!』

가까운 곳까지 다가왔지만 놀라서 멈춘 모양이다.

노인이 지친 소리를 내고, 몸을 돌렸다.

"……마음에 담아두지.『장척영』── 그 이름도 기억해 두겠다. 그대에게 손님이군."

가는 그림자가 떨어지고── 직후에 격자 틈으로 뭔가가 떨어졌다.

반사적으로 받았더니 따뜻하다. 작은 가죽 주머니였다.

안에는 쌀떡과 대나무 수통. 그리고, 접힌 종잇조각이 들어 있었다.

눈에 힘을 주자, 외투를 걸친 그림자가 이쪽을 들여다보고 있었다.

은발에 달빛이 반사되어, 반짝반짝 빛난다── 뚱한 표정의 백령이다.

나는 반쯤 질려버렸다.

"너, 너는 말이다……. 이런 곳까지 일부러 찾아오지 마. 아무리 도읍이라도 밤에 여자가 돌아다니면 위험하잖아! 애당초, 어떻게 왔어?"

야간에 황궁의 문은 모두 봉쇄된다. 안에 들어올 수 있을 리가…….

그러자 백령이 그 자리에 쪼그려 앉아 말했다.

"왕씨 가문의 딸이 숨겨진 길을 가르쳐 줬어요. 길 안내는 시즈카 씨가."

"…………그 녀석."

나는 두통을 느끼고 이마를 손가락으로 눌렀다.

대상인인 왕씨 가문이라면, 비밀 통로 한둘은 알고 있어도 이상하지 않아.

구시렁구시렁, 불평을 하면서 쌀떡을 감싼 죽피(竹皮)를 벗겼다.

"……먹기 전에."

"응?"

백령이 감정 없는 목소리로 말을 걸었다.

"감사 인사는 안 하나요? 아버님의 얼굴에 먹칠을 한 더부살이인데??"

……엄청 화났네.

나는 허공에서 시선을 흔들며, 인사를 했다.

"고, 고마워. 그, 그렇지. 의부님이랑 너한테는 문책 같은 거 없었지?"

"없어요."

"그래. 다행이군."

안도하고 쌀떡을 깨물자, 공복인 몸에 염분이 스며든다. 하아…… 살 것 같군.

순식간에 하나를 다 먹고, 물을 마시는데 말이 내려왔다.

"──어째서."

"?"

냉정침착한 백령의 말이 떨리고 있다. 나는 수통을 두고서 고개를 들었다.

"어째서, 그렇게 날뛴 건가요? 당신은 바보지만."

"……야."

무심코 끼어들었지만, 무시당했다. 확실한 격정을 쏟아내고 있었다.

"자기 입장을 이해 못하는 어리석은 자가 아니에요. ……내가 참기만 하면."

"아니, 그럼 안 되지."

나는 가볍게 그 생각을 부정했다. 손가락에 묻은 쌀알을 먹으면서, 순순히 고했다.

"『은발창안의 여자는 재앙을 부른다』── 10년간 너랑 같이 지냈지만, 나는 그런 재앙을 한 번도 본 적이 없어. 오히려 행운밖에 없었지. 미신으로 네가 상처를 입으면 안 돼."

"…………."

백령이 입을 다물었다. 안 봐도 알 수 있다. 아마 볼을 부풀리고 있겠지.

두 번째 쌀떡을 먹고 있는데, 빠른 어조로 사실을 알렸다.

"당신이 처음에 실신시킨 남자── 거짓 없이 노재상 각하의 손자라고 해요. 중죄가 되어도 이상할 것 없어요."

"헤에~."

전혀 흥미가 없어서 건성으로 답했다. 그보다도 무엇보다, 쌀떡이 맛있군.

백령의 어조에 평소의 차가움이 돌아왔다.

"……조금은 위기감을 가지세요. 큰일이 날지도 모르거든요?"

"문제없다니까. 노재상 각하가 그 정도라면── 오히려 안심이야. 의부님이라면 어떻게든 할 수 있어. 국가를 경영하면서 자기손자 교육도 소홀히 하고 있으니."

영 제국의 노재상이라고 하면 걸출한 인물로 여러 나라에도 알려져 있다.

특정한 파벌에 소속되지 않고, 3대 50년에 걸쳐 제국의 번영에 봉사했다고 한다.

수통의 물을 마시고 죽피와 함께 가죽 주머니에 넣고 있는데, 백령이 납득 못하는 기색으로 말을 이으려 했다.

"……하지만."

"그리고. 말이다. 엿차."

가죽 주머니를 머리 위로 던지자, 은발 소녀가 극히 자연스럽게 받았다.

벽에 등을 대고, 웃었다.

"아마 그 바보가 그 이상, 나를 모독했으면, 너도 때렸잖아?"

밤바람이 불고, 외투가 나부꼈다.

──볼을 살짝 붉게 물들인 백령의 얼굴이 보였다.

휙. 고개를 돌리고 괜한 말을 한다.

"……너무, 우쭐거리지 말아요."

귀엽지 않은 공주님이야. 나는 어둠 속에서 가볍게 왼손을 흔들었다.

외투를 고쳐 입고, 백령이 일어섰다.

"돌아갈게요. ……내일 아침에, 처분이 나온다고 합니다."

"그래. 조심해서 가. 시즈카 씨한테 안부 전해주고. 의부님한테는 사과 좀 해줘."

내일 아침, 이라. 생각보다 빠르네.

"──척영."

"응?"

등을 돌린 백령이 내 이름을 불렀다.

고개를 갸웃거리고, 기다리고 있으니 몇 번인가 망설인 다음, 빠르게 말한다.

"……아니, 아무것도 아니에요. 잘 자요."

"그래. 잘 자."

이번에야말로, 발소리가 멀어졌다.

나는 쓴웃음을 지으며, 달빛 안에 쪽지를 펼쳤다. 간신히 문자를 읽을 수 있다.

『고마워요.』

……서투른 녀석 같으니.

저 녀석 남편이 되는 녀석은 분명 힘들 거야.

나는 자신의 기분이 좋아진 것을 자각하면서, 조용히 눈을 감았다.

*

"──척영 공. 나오십시오."

"…………으, 응?"

감옥 밖에 선 장년의 사관이 부른 것은 새벽이었다. 창에서 흐릿하게 아침 햇살이 들어오며…… 멀리서 닭도 울고 있었다.

나는 하품을 하면서 일어나 물었다.

"……후아아아 ……빠르네. 이런 시간에 처분이 나왔어?"

"서두르십시오."

사관은 대답하지 않고 그저 나를 재촉할 뿐이었다. 상황에 당황하면서도 입구를 통과해 뒤를 따라, 지하도를 나아갔다. 오래 안 쓰인 모양인데. ……비밀통로인가?

중간에 「얼굴을 닦으십시오」라며 수통과 천을 건네길래, 사양 않고 썼다.

그대로 아래로, 위로 걸어서── 이윽고 출구가 보였다.

재촉을 받아 밖으로 나가자,

"하하핫! 왔구나, 척영! 지하 감옥은 춥지 않더냐?"

"?! 의, 의부님? 어, 어째서 여기에? 그리고, 백령??"

나를 기다린 것은 장태람과 새침한 표정의 백령 그리고 즐거워 보이는 조하였다. 뒤에는 시즈카 씨까지 있었다.

의부님은 평소와 같은 복장이지만, 백령과 조하는 여행 준비를 마치고 세 필의 말 고삐를 쥐고 있었다.

주변을 둘러보자 저 아래쪽에 아침 안개에 휩싸인 임경. 북쪽 언덕인 모양이군.

장년의 사관이 의부님에게 훌륭한 경례를 했다.

"그러면── 본관은 이만 실례하겠습니다!"

"수고했다. 덕분에 살았어!"

"황송한 말씀이십니다. 전선에 나서봤다면 당신의 부탁을 거절하는 자는 없습니다."

대화를 나누더니 나에게도 경례하고, 지금 온 지하 통로로 돌아갔다. 뭐가 뭔지 모르겠군…….

의부님이 씨익, 웃더니 호화로운 종이를 꺼냈다.

"너의 처분이 내려왔다. 명심하고 읽어라."

"……네."

다소 긴장하면서 받아, 눈길을 보냈다.

『장씨 가문 식솔 척영

궁중에서 폭력을 휘둘렀으니, 어떠한 이유가 있더라도 용서키 어렵다.

허나, 자신에 대한 근거 없는 매도를 견디고, 의붓와 여동생에 대한 매도에 대하여 그 주먹을 휘두름은 효이며, 의로다.

따라서 이하의 처분을 내린다.』

……뭐라고?

나는 고개를 들어 의부님과 시선을 마주쳤다.

"『옥에서 나온 뒤, 즉시 임경 퇴거를 명한다. 무훈으로 실수를 만회하라.』——노재상 각하의 진인이 찍혀 있지? 너를 칭찬하시더군. 언제 만났더냐?"

"아, 아뇨. 만난 적은—— 아."

어젯밤의 노인장…… 당했군. 나는 깊숙하게 고개를 숙였다.

"——삼가, 벌을 받겠습니다."

"그래. 내가 돌아갈 때까지 경양을 부탁하마. 그리고."

의부님이, 역전의 명장다운 표정을 지으며 나에게 고했다.

"네가 말한 것을 급히 알아보았다. 서쪽에서 어수선한 움직임이 있는 것은 사실인 모양이더군."

"……그러면 역시, 【서동】이?"

장태람은 정보를 중시하여, 작은 진언조차 소홀히 하지 않는다.

그 나라가 【현】나라에 무릎을 꿇었다면…….

"자세한 것은 불명이다. 그러나, 나는 화평파와 이야기가 정리될 때까지 경양에 돌아가지 못한다. 그러니. 너는 백령과 함께."

"……기다려 주세요."

말을 가로막고, 말 머리를 상냥하게 쓰다듬고 있는 틀림 없는 미소녀를 보았다.

……이럴 때만 정말 예쁘다니까.

"백령도 함께 돌아가는 건가요?"

"? 당연하지 않느냐?? 너는 나더러 더 이상 딸에게 미움을 받으라고 하는 게냐?"

"아니, 그게 아니고 말이죠―― 우왑."

"당신에게 보내는 거예요. 본인은 아침에 극단적으로 약하다고
해요. ……어젯밤의 빚은 갚았어요."

갑자기 기분 틀어진 백령이 내 안면에 서간을 던졌다.

시즈카 씨에게 눈짓을 하자 고개를 끄덕였다. 조심조심 서간을
펼쳤다.

『누구보다도 늠름한 척영 님께

의붓님과 의매님의 명예를 지키고 옥에 들어가신 것, 참으로 축
하드립니다!

과연 저의 낭군님이세요.

사소하지만, 말과 여행 준비를 해두었습니다. 마음껏 쓰세요.

……아마도 배웅 가지 못할 저를 부디, 부디! 용서해주세요.

어제, 당가의 사람이【서동】에서 돌아왔습니다. 도읍에【현】나
라의 군은 없었다고 합니다.

다만, 의붓님께도 전했습니다만, 각 물품의 거래가 이상할 정도
로 활발하며, 신병기의 시험도 극비리에 시행된 모양입니다. 유의
하시어요.

추신.

그 약속, 꿈에서도 잊으시면 안 됩니다.

다음에 뵙게 될 때를 기대하고 있겠습니다. 검과 활은 발견하는 대로 보내겠습니다.

　미래의 정실 왕명령』

　단숨에 피로감을 느끼고, 어깨를 떨구었다. ……그 녀석, 재능을 쓸데없는 곳에 쓰고 있어.

　백령이 내 검과 단검을 내밀었다.

　"자, 출발해요. 올 때와 다르게 돌아갈 때는 말이니 시간이 걸릴 겁니다. ……그 아가씨, 일일이 거슬립니다만 보는 눈은 있는 것 같아요. 참 실한 아이들을 골라주었습니다. 늦지 않도록 하세요? 경주에 진 사람은 상대가 하는 말을 뭐든지 하나 들어주는 걸로 하죠."

　상황의 급변에 나는 아연실색하며 검을 허리에 찼다. 즐거워 보이는 소녀에게 사소한 요구를 했다.

　"……좀 봐줘."

　"거절할게요."

　"하하핫! 가는 길에 조심하거라? 조하, 둘을 부탁하마. 아아── 중요한 걸 잊고 있었군. 척영아."

　"……뭡니까?"

　배낭을 시즈카 씨에게 받아, 안장에 고정하면서 의부님에게 답했다.

　그러자, 함박웃음을 지으며 양어깨를 힘껏 두드렸다.

"참으로, 백령을 참으로 잘 지켜주었다! 나는 네가 진심으로 자랑스럽구나! 그래야—— 내 아들이지."

"…………윽."

저도 모르게 할 말을 잊고, 뜨거운 것이 치밀어 올랐다.

그랬었지. 이 사람은. 이번 생에서 나를 거두어준 장태람은, 이런 사나이였다.

백령이 놀린다.

"얼굴이—— 새빨간걸요?"

"……시, 시끄러워!"

눈을 손으로 가리고, 말을 타고, 목을 쓰다듬었다.

임경에서 경양까지는 명마를 타고 가도 7일은 걸린다.

나는 백령과 눈을 마주친 다음 작별 인사를 했다.

"그러면 의부님."

"아버님."

""경양에서 돌아오시길 기다리겠습니다!!""

미염을 매만지면서, 의부님은 너그럽게 고개를 끄덕였다.

"오냐. 백령아. 척영이 무모한 짓을 하지 않도록 감시를 잘하거라."

"의, 의부님?!"

"알고 있사옵니다—— 이럇!"

내가 한심한 소리를 내는 가운데, 백령이 갑자기 말을 출발시

컸다. 조하도 그 뒤를 따랐다.

치사하다. 장백령, 치사하다! 덤으로 조하도 치사해!

나는 고개를 숙이고, 말을 몰아 은발 소녀의 등을 따라갔다.

──서쪽이라. 정말로 아무 일 없으면 좋겠는데.

제3장

"례엄 님, 안녕하시옵니까!"

"그래, 정파. 일찍 나왔구나."

경양 북방. 대하가 보이는 땅에 구축된 『백봉성(白鳳城)』.

그 가장 높은 감시용 망루에 올라온 것은, 나의 주인 나리——
장태람 님도 기대를 걸고 있는 친척 청년인 정파였다.

전에는 조금 자신감이 지나치게 앞서고 있었지만…… 도련님
과 만난 덕인지, 상당히 겸허해졌다.

그 분은 신비하게도 주변 사람들을 앞으로 앞으로 나아가게 만
든다.

……부모님과 종자들을 공격한 도적들의 피에 젖어 단검을 손
에 들고 홀로 황야에 서 있던 어린 도련님의 처분을 강경하게 외
친, 내 안력이 얼마나 형편없었던지.

아침의 하얀 안개에 가라앉아 있는 맞은 편으로 시선을 돌리
고, 정파가 긴장한 표정으로 물었다.

"오늘 아침에도 움직임은 없는 모양이군요."

"그래."

완전히 하얗게 세어버린 턱수염을 매만지면서 고개를 끄덕였다.

첫 출진을 한지 이미 50여 년.

아직 쇠하지 않은 시력으로도, 간신히 거대한 군기의 그림자가

보일 뿐이다. 대륙을 남북으로 가르는 대하는 바다와 착각할 만큼 거대하다.

정파가 심각한 표정을 지으며 물었다.

"장 장군께서는 언제 돌아오십니까? 도읍에 가신지 3개월 가까이 됩니다……."

"아직, 시간이 걸린다. 군의 공동 연습이 시행되고는 있지만, 황제 폐하의 열병도 아직이고,『화평파』의 설득도 어려운 것이겠지."

지난 20년간 제국의 기둥으로 전선을 지켜온 내 주인은, 현재 이 땅에 없다.

3개월 전── 백령 님과 척영 님이 교전한 북서에서 온 기병을 위험시한 장태람은, 전황 보고와 증원을 청하고자 임경으로 가셨다. 정파가 투구 아래서 어두운 표정을 지었다.

"……도읍 놈들은 제정신인가요? 놈들과 정말로 화평이 된다고??"

"나 같은 노인이 도읍의 높은 분들이 생각하는 것 따위 알겠느냐?. 그러나…… 주인 나리뿐 아니라 경양에 돌아온 도련님도 말씀을 하셨다. 전선과 임경에서는 보이는 광경이 다른 모양이구나."

"도련님도……."

정파의 음색에 경외가 섞였다. 도련님이 어떠한 존재인지 이해를 해가는 모양이군.

조금씩 안개가 걷혔다.

"도련님은 참으로 신비로운 분이다. 그 나이에 병참의 중요성을 이해하고, 숨길 길 없는 무재를 가지고 계시지. 언젠가 반드시, 백령 님과 함께 주인 나리와 『장씨 가문』을 지탱할 것이야. 아니…… 이미 지탱하고 있군. 고참병들일수록 도련님의 『가치』를 깨닫고 있다."

망루 아래서 아군 병사들이 바쁘게 움직이고 있었다.

취사장에서 김이 오른다. 아침 식사 준비를 위해서 죽탄으로 불을 피우는 것이다.

척영 님은 세속에 어두운 나조차도 아는 대상가와 직접 교섭을 하여, 부족하던 병량의 안정 공급을 이룩했다.

『최전선에서 병사들에게 매일 따뜻한 밥을 먹이는 데 노력을 아끼지 않는 장수.』

그것이 대체 얼마나, 귀중한 존재던가!

뼈에 사무치도록 이해하고 있는 고참병들은 주인 나리와 도련님을 위해서라면 주저 없이 목숨을 버리리라.

정파가 난처하게 웃었다.

"본인은, 지방 문관을 지망하신다지 않습니까? 요전에 장 장군께서 도읍행을 허가하신 것도, 그 꿈을 포기하도록 하기 위함이라 들었습니다. 서류 작업은 잘 못하신다고……."

우리들 이야기에 귀를 기울이던 망루 안의 병사들이 실소했다. 나도 정파의 어깨를 두드리며 씨익 웃었다.

"그 바람은 이루어질 수 없을 게야. 그 정도의 무재가 아니더냐? 무엇보다── 백령 님이 절대 허락하지 않는다. 아가씨가 주인 나리와 도련님과 함께 전장에서 달리기를, 어린 시절부터 염원하셨지 않나."

도련님에게 부족한 것이 있다면, 남녀의 심정을 모른다는 것일까……?

남은 명줄도 얼마 안 남은 몸이니, 얼른 혼인을 맺어주셨으면 좋겠다만.

의자에 걸어둔 외투를 걸치고, 정파에게 보고를 들었다.

"현 나라 황제와 『사랑』의 소재는 알았나?"

"유감이지만……. 북방에 보낸 밀정의 정기 연락이 지난 며칠 없습니다. 포박을 당했거나, 살해당했거나, 경계가 엄격해졌는지. 척영 님이 교전을 하셨다는 『적랑』으로 보이는 장수의 소재도 아직 불명입니다. 악천후와 모래폭풍 탓인지,【서동】방면의 정보도 늦어지고 있습니다."

"……그렇군."

도읍에서 돌아오신 도련님이 지도를 펼치고 있던 모습이 떠올랐다.

『의부님의 부재는 언젠가 반드시 적에게 들킨다. 그 전에 돌아와 주시면 좋지. 그러나 그 전에 적의 황제가 침공을 결심하면 어쩌지? 나라면──.』

그렇게 말하며 드러낸 책략은, 그야말로 기책이었다.

──그야말로 하늘이 내린 재능.

죽음이 충만한 지옥의 전장에서 홀로 살아남아, 수많은 자에게 『불길한 아이』라며 두려움을 주었던 그 어린아이가!

생각해 보면, 처음부터 구해야 한다고 주장한 것은 백령 님뿐이었지.

신비로운 인연—— 아니! 이것이 바로 운명일 것이야.

정파가 의문스럽게 물었다.

"……례엄 님? 무슨 일이십니까?"

"아니…… 조금 옛날 생각이 난 것뿐이다. 주인 나리가 지시하신, 경양 서방의 경계선 구축은 끝났겠지?"

대하를 따라 세운 성채선은 철벽이다.

경양 동쪽의 도하 가능 지점을 지키는 각 장수는 역전의 맹장들이다. 정면으로 오는 공세라면, 적군이 강대하다 해도 충분하고 남게 대응할 수 있다.

——그렇기에, 적 황제 아다이가 다른 책략을 쓸 가능성이 있다.

태람 님은 그 말을 남기셨고, 나중에 보내신 서간에도 『서쪽을 주의하라』고 못을 박으셨다.

경양 서방에는 완만한 대평원이 펼쳐지고, 그 앞에 위치한 것은 교역 국가【서동】이다.

북방의【현】나라와 국경을 마주하고 있지만, 그 사이에 준험한 칠곡산맥과 모든 생물을 죽이는 백골 사막이 있다.

놈들의 주력은 기병. 말을 타고 그 산맥과 사막을 넘을 수는 없다.

3개월 전의 척후 부대마저 넘기 위해 대량의 인마를 잃고,【서동】의 경계망에 걸려 어렵기 짝이 없는 우회를 하게 되었다는 보고도 들어왔다.

대규모 군은 일단 불가능하다.

그런 기적을 이룩한 것은…… 긴 대륙의 역사를 풀어보아도【쌍성)밖에 없다. 정파가 갑옷을 두드려 소리를 냈다.

"그 요새 폐허를 크게 개축하여 병사 200을 배치했습니다. 척영 님이『백은성(白銀城)』이라 명명을 해주셨습니다."

"흠……."

태람 님이 돌아오실 때까지, 나는 최전선을 떠날 수 없다.

늙었다 해도,『귀신 례엄』의 이름은 만족 놈들 사이에도 알려져 있다. 다소는 침공을 주저할 것이야.

정파의 어깨를 두드리며 명했다.

"미안하다만, 한 번 확인을 하고 오겠느냐? 그다음은 경양에 있는 도련님께 보고하라."

"예! ……그리고 보니, 척영 님의 서간이 왔습니다."

"허어?"

접혀 있는 종이를 받아, 안을 보았다.

『할아범! 얼른 좀 돌아와. 내가 서류의 산에 파묻히기 전에! 그리고 —— 백령 좀 말려줘! 매일 아침에 달리기랑 무예 단련에 끌고 다닌다니까!!!!!』

"후후후……."

자연스럽게 웃음이 흘렀다.

나는 처와 외동아들을 먼저 보냈고, 정파를 빼면 친족도 거의 없다.

——손자를 가진다는 것은, 이런 느낌이 아닐까?

청년에게 서간의 내용을 보여주고, 흰 수염을 매만졌다.

"도련님도 고생하는구나. 그러나── 나 례엄은 나이를 헛먹은 것이 아닌지라, 예절을 안다. 백령 님을 방해하는 것은 도저히 못할 일이지. 도련님이 문관을 포기하고, 무관이 될 것을 결단한다면야 생각해 볼 수도 있다만."

"동의합니다. 저도 보고한 뒤, 곧장 귀환하겠습니다."

"그래. 부탁하마."

내 기분을 짐작한 정파와 병사들도 웃음을 흘렸다. 도련님은 고생을 좀 하셔야지.

──가까운 장래, 『장』씨 성을 받으셔야 하니까.

눈을 감고, 정파에게 제안했다.

"여름이 가깝지만, 아직 쌀쌀하구나. 안에 들어가, 아침을 먹자."

＊

"으으으…… 안 끝나아…… 안 끝나아아아…………."

나는 신음하면서, 탁자 위에 펼친 서류에 붓을 놀렸다.

오늘은 기분전환을 겸해 저택의 뜰에서 작업을 하고 있는데, 작업은 느리고 진행이 안 된다.

점심을 넘어 햇살은 부드럽고 졸음을 부른다.

……잠들면, 분명히 밤에도 작업을 해야 되겠지.

『척영 확인.』

일부러 백령이 붉은 글자로 적은 목함 안에, 차례차례 날아오는 서류의 산이 우뚝 솟아서 나에게 어마어마한 중압을 내린다. 이래 봬도 절반 이상 다른 문관들이 처리를 해주고 있으며,『장씨 가문』에 오는 것은 최종 판단이 필요한 것뿐이라고 들었는데…….

"할아범은, 대단한 거였구나."

우리가 경양에서 돌아온 지 3개월.

의부님 대리로 최전선에 나가 있는 례엄은 역전의 용장으로 알려졌지만, 내정관으로서도 숙련자라는 걸 통감했다.

문관도 힘들구나…….

한숨을 내쉬면서 다음 서류에 눈길을 보냈는데── 지푸라기로 만든 표적 인형에 화살이 박혔다. 몸통에서 크게 벗어났다.

머리끈으로 은발을 묶은 백령은 조금 생각하더니 다음 화살을 활에 메기며 평소와 같은 어조로 말했다.

"그렇답니다. 몰랐었나요?"

"듣고 있었냐? 하지만…… 상상 이상이었어. 벌써 나이도 나이고, 돌아오면 더 칭찬해줘야겠다~."

나는 머리를 긁적이며 반성했다.

어리광만 부리는 게 아니라, 조금은 성장한 모습을 보여줘야 할아범이 안심하고 은거를 할 테니까.

왕씨 가문에서 보낸 운송보고서의 말미에 붓으로『장태람 대리』라고 적어, 백령의 상자에 넣었다.

만약을 위해 둘이서 확인하고 있었다.

"네 서류는 어떻게 됐어? 활 연습 같은 걸 하면 끝낼 수가 없──."

"오전에 전부 마쳤습니다. 당신 몫을 기다리기만 하면 돼요."

"뭐, 라고……?"

다시 인형에 화살이 박혔다. 이번에도 벗어나 팔에 명중.

나는 붓을 벼루 위에 놓고, 괜히 비탄을 흘렸다.

"마, 말도 안 돼! 아아…… 어째서, 하늘은 장백령에게 이토록 무르단 말인가! 용모와 무재뿐 아니라, 서류 작업의 재능까지 있단 것인가?! 큭! 이것은, 엄중하게 항의가 필요한 안건이야. 하지만…… 대체 어디에 항의를 해야 하지?!"

"흰소리하지 말고 손을 움직이세요. 아무리 기다려도 끝이 안 나잖아요? 자칭, 문관 지망 아닌가요?"

"으으……."

정론에 격파되어, 나는 반쯤 울면서 작업을 재개했다.

장백령은 왕명령에 필적하는 재녀다.

……분하기도 하고, 자랑스럽기도 하고.

세 번째 인형에 화살이 박혔다. 이번에는 어깨군. 서명을 하면서 논평했다.

"희한하네~. 그렇게 잇달아 중앙에서 빗나가다니. 몸이라도 안 좋아?"

"…………."

은발 소녀가 아무 말 없이 활을 당겨—— 쏘았다.

화살은 빗나가지 않고, 인형의 심장 한가운데를 꿰뚫었다.

……어라?

어떤 사실을 깨닫고 나는 이름을 불렀다.

"⋯⋯⋯⋯백령 씨?"

"왜 그러죠?"

새침한 어조로 대답하면서, 은발 미소녀는 활을 들고 걸어왔다. 뒷머리의 머리끈을 잡으면서, 내 앞의 의자에 앉았다.

어쩐지 모르게 켕기는 느낌을 받으며 서류에 눈길을 돌렸다.

"그, 그~게⋯⋯ 혹시나, 말인데요. 아아, 그게, 응. 기분 탓."

"『적군의 전력을 효과적으로 깎아낼 의도라면, 부상자를 늘려야 한다.』── 【쌍성】의 한 명. 황영봉이 자주 지시를 했다는 말이었죠. 제가 잘 아는 어느 누군가도, 훈련장, 실전을 가리지 않고 같은 짓을 하는 걸로 기억합니다. ⋯⋯마술도 저보다 능숙한 것 같으니, 흉내를 내는 게 그렇게까지 이상하지는 않다고 생각하는데요?"

"그, 그으⋯⋯ 그, 그렇네⋯⋯⋯⋯."

나는 괜히 허둥거리면서 시선을 흔들었다.

오늘 아침 마술 승부에서 내가 이긴 걸로 아직도 저러네.

통산전적으로는 백령이 훨씬 많이 이겼는데⋯⋯ 지기 싫어하는 것도 정도가 있어봐라!

난처한 참인데, 옅은 갈색 머리칼을 흔들면서 조하가 찾아왔다.

"백령 님. 이제 그만 괜찮을까요?"

"──그래요. 준비해줘요."

"알겠습니다 ♪"

"? 응??"

대화 내용을 이해 못 하고 있는데, 다른 시녀들도 몰려왔다.

"실례합니다."

"일단, 정리를 하겠습니다."

"척영 님, 비켜주세요~."

내 탁자가 순식간에 깔끔해졌다.

사랑스러운 꽃과 해가 그려진 백자 다기가 척척 놓인다.

그리고, 같은 무늬의 잔과 깨 경단이 담긴 작은 그릇이 둘.

식기는 전부 내가 도읍에서 백령에게 보낸 것들이다. 지금까지 안 쓰더니만⋯⋯.

의문스러운 시선을 받으면서도, 은발 미소녀는 눈썹 하나 까딱 안 했다.

"목이 말라서요. ⋯⋯당신 몫은 없지만요."

"어째선데!"

"일을 못 끝낸 자가 차 마실 자격이 있나요?"

"으기기⋯⋯이, 이 여자가⋯⋯⋯⋯."

"농담이에요. 자, 들어요."

놀리면서 백령은 차를 잔에 따라 내밀었다. 가볍게 고개를 숙이고 한 모금.

상쾌한 향에 안도하면서 기분이 누그러진다.

하늘에는 새가 천천히 날고 있었다. 날씨 좋군.

시선을 되돌리자, 백령이 깔끔한 동작으로 깨 경단을 먹고 있었다.

"⋯⋯맛있어 보이네."

"맛있어요."

"……하나만 주세요. 단맛이 필요해."

"어쩔 수 없네요."

평소처럼 냉정한 어조 그대로, 백령은 깨 경단을 작은 대나무 꼬치로 푹 찔렀다.

그리고 그대로 내 입가에 내밀기에 무심코 게슴츠레 바라보았다.

"……이봐요, 장백령?"

"먹고 싶다고 말한 건 당신이잖아요."

"큭!"

냉정한 대답을 듣고, 나는 할 말을 잃었다. 어린 시절이었다면 모를까…….

그러나, 보옥 같은 창안에 강한 의지가 보였다. 이럴 때 백령은 절대 꺾이지 않는다.

기둥 뒤에서 즐거워 보이는 낌새로 지켜보는 조하와 시녀들을 발견했지만, 나는 포기하고 입을 열었다. 그러자 곧장 들어오는 깨 경단을 맛보았다.

"맛은?"

"──맛있어."

"그런, 가요. ──그건 참 다행이에요."

살짝, 희미하게 웃고, 백령은 잔을 잡았다. 엄청 기뻐 보이네.

……그림 같구만.

나는 두 개째를 손으로 집어 입에 넣었다.

"참깨의 풍미가 다른걸. 더 고소한 것 같아."

"【서동】의 물건입니다. 최근 시내에 돌고 있는 것 같아서 써봤어요. 물론 제대로 된 상인에게 구입했습니다."

"허어, 희한하군──."

뭔가 마음에 걸려서, 고개를 갸웃거렸다. ……지금, 난 뭘 눈치 채려고 했지?

지리적인 관계로 경양에는 서동의 상인이 임경보다 많이 출입한다. 그래도 태반이 국내에서 소비되는 그 나라의 참깨가 들어오는 일은 드물다. 명령조차 입수하지 못했다.

그 나라 자체에 눈에 띄는 이변이 없는 것은, 이쪽으로 돌아온 뒤 확인했다.

개중에 【현】나라의 밀정이 있다 쳐도, 과한 경계는 안 해도 될 텐데…….

백령이 잔을 탁자에 놓고 의문스러운 표정이다.

"왜 그러나요? 이상한 표정이에요. ……언제나 이상하지만."

"마지막 한 마디는 괜한 말이잖아?! 아아, 그게…… 조금."

"말해보세요. 들어줄게요."

나는 언어화를 하려다가── 포기했다. 볼을 붉적이고 변명했다.

"응~. ……마음은 고마운데, 말로 표현할 수가 없네. 뭔가, 그게…… 갑갑하긴 한데, 형태로 만들 수가 없어."

"문관 실격이군요. 정진이 부족해요."

"너무해! 장백령 너무해!! 재능이 없어도 필사적으로 노력하는 오라비를 위로해주는 마음은 없냐!!!"

"당신을 『오라비』로 생각한 적은 한 번도 없어요. 전에도 말했죠? 만 걸음 양보해도, 제가 『누나』입니다만, 『동생』으로 삼을 생각도 없으니까 이 대화는 무가치해요."

"…………."

백령의 단언에 할 말을 잃은 나는 차를 쭉 들이켰다. 힐끔 나무 상자를 확인.

서간의 표지에 『왕명령』이라는 달필의 글자가 적혀 있었다. 턱을 괴고서 중얼거렸다.

"내키진 않지만…… 명령한테 편지를 써야겠군……. 그 녀석이라면 내 위화감을 언어화해줄 거야. 빚을 만드는 게 무섭긴 하지만…………."

"…………."

지금까지 기분 좋았던 백령의 얼굴이 무표정해졌다. 소름이 쫙 돋으며 깨달았다.

──나는 용의 역린을 건드렸군.

조심조심, 이름을 불렀다.

"백령, 씨……?"

"뭔가요? 더부살이."

무서워! 지금 대화 속에 그렇게까지 화날 요소가 있었나?! 당황하면서도 물었다.

안 그러면 과거의 경험에 견주어, 오늘 밤 내 방에 와서 계속 말없이 보낸 끝에 아침까지 안 돌아간다.

"저, 저~기. ……어, 어째서, 그렇게 노하셨는지…………?"

"노하지 않았어요. 눈이 썩은 것 아닌가요?"

"아, 네……."

참으로 시원스럽게 신랄한 말이다. 동시에 삐친 기색도 짙어.

다음 말을 기다리는데, 백령이 고개를 숙이고 작게 말했다.

"──이유."

"응?"

고개를 갸웃거리자, 소녀는 보기 드물게 어린애처럼 볼을 부풀렸다.

그리고, 내 잔에 새로운 차를 따르면서 물었다.

"이유를 알려주세요. 어째서, 일부러 그 아가씨에게 의지하는 건가요?"

"아~. ……단순한 거야."

나는 쓴웃음을 지으며 어깨를 으쓱거렸다.

찻잔을 받아 「고마워」라고 인사하면서 말을 이었다.

"명령은 천재니까. 너하고는 다른 방면으로──. 무시무시한 양의 문헌을 읽어서 박식하고, 식량 문제도 결국 해결해준 건 그 녀석이었어. 그리고, 왕씨 가문의 거래 상대 중에는 【현】 나라와 거래를 하는 이국 녀석들도 포함되지. 뭔가 정보가 있을지 몰라. 의부님이 경양을 맡기신 이상, 쓸 수 있는 건 뭐든지 써야지."

"……그렇군요."

마지못한 기색이지만 백령이 고개를 끄덕였다.

세 개째 깨 경단을 먹으며, 농담처럼 말했다.

"그리고, 이제 그만 답장을 해야 하거든. 병참이 끊어지면 안 되잖아?"

"…………."

백령이 말없이 입을 열었다. 나는 마지막 깨 경단을 넣어주었다. 내 취향의 맛이라 맛있었다. 우리 시녀들은 우수하군.

팔짱을 끼고서, 은발 미소녀가 묵직하게 판결을 내렸다.

"······좋아요. 편지 쓰는 걸 허가합니다."

"고, 고맙, 습니다?"

중압에 져서 감사 인사를 해버렸다. 제, 젠장······.

적신 천으로 손가락과 자기 입가를 닦고, 백령이 명령했다.

"깨 경단은 잔뜩 있으니 더 먹고 힘내세요. 그리고, 밤까지는 반드시 일을 마치고, 꼭 자야 해요. 제 눈이 파란 동안에는 밤늦게 안 자는 건 금지입니다."

*

그날 밤.

"──늦었네요. 중간에 졸기라도 했나요?"

평소보다 약간 늦은 목욕을 마치고 내 방에 돌아오자, 긴 의자에서 뒹굴며 편히 쉬는 자세로 고서를 읽고 있던 백령이 나를 맞이했다. 머리를 내리고, 옅은 복숭아색 잠옷을 입고 있었다.

의미는 없다고 체념하면서, 굳이 주의를 주었다.

"······목욕하면서 잠깐 졸았어. 그보다도, 태연하게 내 방에서 드러눕지 마! 너도 이제 곧 열일곱이 되거든?"

"새삼스러운걸요? 애당초 말이죠."

"······뭔데."

나는 가까운 의자에 앉아 다리를 꼬았다.

그러자 백령도 상반신을 일으키고 담담하게 말을 이었다. 어조와 달리 눈동자는 즐거운 기색이다.

"과도하게 사양하면 당신이 더 풀이 죽잖아요."

"……그렇지는."

꽃과 새가 그려진 용기에서 찻잔에 물을 따르고, 한 모금 마셔 마음을 진정시켰다.

밤에 둘이서 대화를 하는 건 10년 이상 이어지는 습관이다.

분명히 갑자기 없어지면── 상상을 해버리고, 나는 검은 머리를 헝클어뜨리며 하다못해 저항하고자 노려보았다.

"하아…… 정말! 귀엽지 않은 공주님이야!"

"낮에 어느 더부살이가 『용모가 뛰어나다』라고 했어요."

"…………으으으."

못 이긴다. 아무리 발버둥 쳐도 못 이긴다. 인세는 이토록 치열한 곳이던가?

나, 일단 인생 두 번째일 텐데.

비틀거리며 가까운 선반으로 다가가, 도읍에서 입수한 수입품의 각진 유리병과 잔을 꺼냈다. 깊은 파란색이라서 마음에 든다. 백령이 흥미롭게 물어보았다.

"그건?"

"개복숭아 술이야. 경양 근교에서 만드는 녀석이 있거든. 작년에 시험 삼아 만든 거라는군. 도읍에 시음용으로 보내는 김에 조금 나눠주더라."

"? 아아, 아버님이."

은발 미소녀가 납득했다. 의부님은 군무만 보는 게 아니라, 산업 부흥에도 열심이다.

술을 만드는 건 군을 퇴역한 남자인데, 앞으로는 『도읍에 판로를 개척하고 싶다』라며 의욕을 보였다. 편지에 따르면 시험작을 보낸 명령의 평가도 꽤 좋은 모양이다.

나는 유리병을 등불에 비추고 백령에게 확인했다.

"뭐, 가끔은 괜찮겠지. 마셔볼래?"

"——네."

조금 흥분한 기색으로 은발 소녀가 수긍했다. 창가의 긴 의자에 앉아서 병의 마개를 뽑았다.

백령은 복잡한 도형이 새겨진 잔을 잡고 감상을 말했다.

"예쁜 유리잔이네요."

"요전에 명령이 보낸 거야. 서동보다도 더욱 서쪽—— 대사막을 넘어간 곳에 있는 이국의 물건이라는군. 그 녀석, 그래 보여도 꽤 눈썰미가 좋거든."

"……그런가요."

갑자기 목소리가 차가워졌다. 알기 쉽군. 잔에 개복숭아 술을 따르면서 달랬다.

"아~ 물건에는 죄가 없거든?"

"……알고 있어요. 그렇게까지 어린애가 아닙니다."

백령은 입술을 삐죽거리면서도 잔을 들었다.

이런 태도가 어린애 같지만…… 말을 말자. 나도 들었다.

"도읍에서 분투하는 의부님에게."

"전선에서 임무에 힘써주는 장병들에게."

""건배!""

잔을 마주치자, 탕~ 하고 시원스러운 소리를 연주했다. 그대로 한 입 맛을 보았다.

1년 숙성된 달콤함과 특유의 향기가 코를 통과했다.

백령은 양손으로 잔을 들고, 예쁜 눈동자를 동그랗게 떴다.

"…………."

"어때?"

그러고 보니 이 녀석, 지금까지 술을 마셔본 적 없지 않나?

한 모금으로 취하진 않겠지만…… 백령이 표정을 풀었다.

"——생각보다도 달콤하네요. 참 마시기 쉬워요."

표정에 변화는 없다. 의부님도 술고래처럼 술이 세니까…… 괜찮으려나?

나는 달이 비치는 술을 쭉 들이켜고, 안도했다.

"그래. 만든 녀석도 좋아하겠어. 아, 하지만 많이 마시지 마라? 생각보다 잘 취한다고 하니까. 같은 양의 물도 마셔!"

"알고 있어요오. 어린애 취급하지 마세요."

입술을 삐죽이고, 백령은 단숨에 술을 들이켰다.

……어쩐지, 눈이 좀 처지고, 어조도 앳되지 않나?

그것을 보고, 나는 천천히 일어섰다.

은발 소녀가 의문스러운 표정.

"어디 가는 건가요오?"

"조리장에서 물이랑 안주를 좀 가져올게. 금방 돌아올 거니까 얌전히 기다려. 잘 들어라. 혼자서는 절대 마시지 마라?"

"네에. 얼른, 다녀오세요."

백령은 왼손을 들어 기쁜 기색으로 고개를 끄덕이고 일어서더니, 침대로 이동했다.

그리고 내 베개를 손에 집더니 당연하단 듯이 안고 얼굴을 감추었다.

──응. 벌써 늦은 걸지도 모르겠다. 얼른 물을 먹여야지.

"돌아왔다── 우와."

주방에서 마주친 사용인과 시녀들에게 놀림을 받으면서도, 차가운 물과 안주를 받아 서두르는 발걸음으로 방에 돌아온 나는 자기 판단이 크게 잘못된 것을 깨달았다.

유리병이 이미 반쯤 비어 있었다.

백령 자신은 긴 의자 위에서 무릎을 굽히고, 잔을 양손에 들고, 볼을 부풀리고 있었다.

나를 깨닫고서 아주 한껏 삐친 어조. 자기 옆을 두드렸다.

"……늦었잖아요. 얼른 앉으세요."

"그, 그래."

볶은 콩이 담긴 작은 그릇과 물이 든 도자기 병을 탁자에 놓고, 어색하게 옆에 앉았다.

곧장, 백령이 어린 시절처럼 나에게 기댔다.

달콤한 향기…….

"이 술, 맛있어요. 또 마시고 싶어요."

"……조금씩 만드는 양을 늘리고 있다더라. 다음에 같이 사러 갈까? 명령이랑 시즈카 씨한테도 보냈는데, 조하도 절찬하더라."

가슴이 콩닥거리기에 다른 화제를 꺼내 봤다. 이럴 때 어떻게 대처해야 좋을지 책에는 쓰여있지 않았고, 어렴풋한 전생의 기억도 도움이 안 된다.

명령에게는 어느 정도, 대응할 수 있는데—— 저 백령의 게슴츠레한 눈.

"……시즈카 씨랑 조하는 그렇다 치고……. 또, 왕씨 가문의 딸인가요……."

창안이 어쩐지 짙어진 착각이 느껴진다. 무섭다.

나는 병의 마개를 뽑아, 물을 따르면서 굳이 물었다.

"백령 씨. 혹시…… 취하신 건——."

"안 취했어요. 저는 평소랑 똑같아요—— 척영."

"앗, 네."

한심하게도 목소리가 흔들렸다. 어, 어지간한 전장보다도 압력이 느껴지는데……?

백령이 내 머리를 만지면서, 보석 같은 예쁜 눈동자로 바라본다.

"저는 당신에게 무엇인가요?"

"……응?"

나는 눈을 깜박였다.

——『무엇』인가?

그렇게 말씀하셔도, 대답이 궁하다.

소꿉친구? 여동생? 가족? 생명의 은인? 전부 다 들어맞는다.

들어맞지만—— 백령이 내 가슴에 머리를 들이밀었다.

"……반년이나 멋대로 도읍에 가서, 편지 답장도 별로 안 하고……
나, 혼자서 쓸쓸했는데………… 선물은 아주 기뻤지만…………."

"……미안하다니까."

어렸을 적—— 참다가 한계에 도달하면 때때로 폭발해서, 이렇
게 전부 토해내던 것을 떠올렸다.

백령이 볼을 크게 부풀리고 올려다보았다.

"못 믿어요. ……왜냐면, 당신은 왕씨 가문 딸만 칭찬해요. 절
찬이에요. 나, 그런 식으로 칭찬 받은 적 없어요. 이건 보통 일이
아니에요. 단호하게 항의합니다. 당신은, 나를 더 칭찬해야 해요.
그래요."

볼을 긁적이면서 시선을 피했다.

평소에는 예리함마저 느껴지는 미소녀인데…… 이럴 때만 나
이에 걸맞게 귀여움이 나오는 건 반칙이라고 생각한다.

"……칭찬하잖아?"

"칭찬 안 해요. ……낮의 다과도, 제대로 칭찬 안 해줬어요."

"다과?"

진심으로 이해를 못 해, 되물었다.

그러자 백령은 가슴에 밀어붙이던 머리를 스스로 움직였다.

"…………바보. 둔탱이. 맛있다고 먹어주는 건 기뻐요. 아주,

아주 기뻐요. 하지만, 말로 해주면 좋겠어요."

그 깨 경단은 백령이 만들어준 거였나 보군.

뭐든지 할 줄 알지만, 요리만은 못했던, 그 장백령이!

놀라면서도 순수하게 기뻐졌다. 소녀의 등을 가볍게 몇 번 두드리고, 아명으로 불렀다.

"설희는 떼쟁이구나."

"당신한테만 그래요. ……싫다면 이제 안 해요. 삐치겠지만."

"안 하면 삐치는 거냐!"

쓴웃음 지으면서, 약간 흐트러진 긴 은발을 손으로 빗어주었다. 간지러운 듯 몸을 틀면서 백령이 중얼거렸다.

"……척영은 심술쟁이에요. 심술만 부려요. 귀엽다고, 정면에서 말해주지 않아요. 나는 언제나, 언제든지 칭찬하고 있는데……."

"아니, 칭찬을 받은 적이── 백령? 이보세요??"

"──── ♪"

소녀는 눈을 감고서, 그 자세 그대로 새근새근 잠들어 버렸다.

몸의 부드러움과 따스함. 아주 살짝 등을 쓰다듬어주자, 행복한 기색으로 앳된 미소를 짓는다.

자는 얼굴은 옛날이랑 다르지 않네.

"……술은 당분간 금지로군."

나는 백령을 안고서 일어섰다.

방까지 옮기자── 소녀가 축 처진 눈을 뜨길래 말했다.

"오늘은 이제 끝이야."

"우~."

"어, 야. 가만 좀 있어."

품 안에서 버둥버둥 날뛰길래 가까운 침대에 내려줬더니 데굴 드러누웠다.

침구에 파고들어서, 눈가만 내놓고 한 마디.

"――오늘 밤은 여기서 잘래요."

"……너 말이야아."

손을 뻗어 일으키려 했지만, 어렸을 때 나랑 싸운 다음에 늘 보여주던 어리광의 시선.

반 이상 잠에 취해서, 혀 짧은소리로 호소했다.

"옛날에는 계속 함께였어요. 나는 척영이랑 계속 함께가 좋아요."

"…………정말이지."

나는 설득을 단념했다.

『물러요…… 너무 물러요! 저한테도 그 물렁함을!!』

뇌리의 왕명령이 발을 동동 구르지만―― 불을 껐다.

그대로 침대에 드러눕자, 소꿉친구인 소녀가 손을 뻗어 내 볼을 만졌다.

그리고, 진심으로 기쁜 표정을 지었다.

"……에헤헤. 잘 자요, 척영."

"잘 자라, 백령."

안심했는지, 금방 새근새근 깊은 숨소리를 내길래 이불을 덮어주었다.

의부님과 할아범 대신이라니. 아직 우리에겐 무리일 것이다.

아니, 이미 무리를 한 모양이군. 오늘 밤에는 어리광을 받아줘도 벌은 안 받을 것 같다. 다만, 문제는——.

"……나, 오늘 밤에 잘 수 있나?"

독백이 어둠으로 사라졌다.

창밖에 보이는 만월을 바라보며, 나는 억지로 눈을 감았다.

——따뜻하군.

그리고, 부드럽다. 침대가 이렇게 부드러웠나……?

새의 울음소리가 희미하게 들린다. 벌써, 아침이군.

졸음 속에서, 나는 눈을 뜨고—— 단숨에 의식이 각성했다.

눈앞에 가득, 잠든 백령의 앳된 얼굴이 보였다.

내 오른손에 매달려서 새근새근 잠들어 있었다. ……어느 틈에.

잘 때 가장자리에 누웠는데. 아니, 그보다도 무엇보다, 얼른 탈출해야 해!

깨우지 않도록 신중하게 팔을 빼내려 했지만—— 안 움직인다. 이, 이 녀석, 관절을?!

그러는 사이에, 미소녀가 눈을 천천히 뜨더니, 잠에 취한 얼굴로 나를 보았다.

"조, 좋은 아침."

"……? 좋은 아침이에요……."

안 되겠어. 아직 잠이 덜 깼다.

어떡하지……. 경쾌한 발소리가 들리고, 연갈색 머리칼과 시녀

복을 흔들면서 조하가 들어왔다.

"척영 님, 안녕하십── 어머. 어머어머. 어머어머어머♪ 대단히 실례했습니다. 조식은 방으로 날라오겠습니다~☆."

우리들의 모습을 보자마자, 곧장 몸을 돌리더니 경쾌하게 돌아갔다. 아, 안 좋아!

"기, 기다려! 오해다!! 백령, 너도 뭐라고 말을── 우옷."

"……시끄러워요. ……머리, 아파……."

불러 세우고 상반신을 일으키려고 하자, 백령이 내 팔을 당겨서 다시 침대에 누워버렸다.

아직 어젯밤의 취기가 남아 있는 은발 미소녀가 부루퉁.

"……저는 조금 더 잘래요. 당신도 그러세요."

"……네."

나는 즉시 전면 항복을 선택했다. 승산이 안 보여.

그러자 백령은 만족스러운 표정을 짓고, 내 오른팔을 끌어안더니 눈을 감았다.

정말, 이 녀석은 당해낼 수가 없어.

완전히 안도한 기색으로 잠든 소녀의 은발을 만지며, 나 자신도 눈을 감았다.

──지금은, 부디 평온 무사하기를.

＊

평소보다 꽤 늦은 아침 식사를 마치고, 나는 오늘도 서류의 산과 격투를 시작했다.

검은 구름이 퍼지고 비가 내리기 시작해서, 장소는 저택 안이다.

도읍에서 돌아온 이후 일상의 풍경――이긴 한데.

"…………."

옆자리에 앉아 있는, 은발을 내린 상태의 백령이 깬 이후로 한 번도 나랑 눈을 마주쳐주지 않는다.

서류 자체는 차례차례 처리하여, 산이 무너지고 있는데……고, 공기가, 공기가 무거워.

"아~, 배, 백령 씨……?"

나는 견디지 못하고, 조심조심 미소녀의 이름을 불렀다.

그러자 우뚝, 붓이 정지했다.

녹슨 금속 기구가 연상되는 움직임으로 고개를 돌린다.

"――뭔가요?"

"아니, 그게……."

"용건이 없다면 말 걸지 마세요."

"……네."

더 말을 걸 수가 없군.

원인은…… 어젯밤 술에 취해 내 방에서 잠들어버린 것을 후회하기 때문, 이겠지. 냉정하게 생각해 보면 백령도 나이가 찼다. 세간에서는 이미 결혼한 처자들도 있다.

……억지로라도 방에 옮겼어야 했나.

비가 내리는 정원을 바라보며 후회하고 있는데, 조하가 나무 상자에 쌓여 있는 추가 서류를 가져왔다.

"척영 님, 신경 쓰지 마세요! 백령 님은 그저 『창피한 모습을 보여 버렸어……. 어떡하지. 싫어하지 않을까?』 싶어서 허둥거리고 있을 뿐이니까요♪"

갑자기 새로운 불씨가 투하됐군.

나는 떨면서 옆을 보고── 격하게 후회했다.

긴 은발의 소녀가 그야말로 아름다운 미소를 짓고 있었다.

"……조하?"

"저는 아직 할 일이 있으니 실례하겠습니다~♪"

"어? 어, 이봐?!"

뒤처리도 안하고 연갈색 머리의 시녀가 경쾌한 발걸음으로 방을 나섰다.

계, 계획범, 계획범이다!

나는 필사적으로 다른 화제를 생각했지만, 아무것도 생각이 나지 않기에 뜻을 굳히고 입을 열었다.

"……있잖아."

"……뭔가요?"

백령이 『사살한다!』라고 외치듯 날카로운 시선을 보냈다.

다만 그것은 분노가 거의 없이, 쑥스러움과 수치만 있었다.

볼을 붉적이고, 시선을 돌리며 조언했다.

"내 앞에선 괜찮지만…… 남들 앞에서 술 마시는 건 다음부터 하지 마. 알겠지?"

그 순간 백령의 볼이 복숭아처럼 옅은 빨간색으로 물들었다.

양쪽 볼에 손을 대고, 원망스럽게 반론했다.

"수, 술을 마시는 건, 어, 어제가 처음이라서……. 조, 조금 방심한 것뿐이에요. 애당초, 당신이 내 방까지 옮겨줬다면——."

"거부하셨습니다. 장백령 님이."

"거, 거짓말이에요!"

진심으로 기억이 없나 보군. 가만히 눈을 바라보며, 커다랗게 고개를 흔들었다.

"……유감이지만."

"……으우……."

도저히 못 버티게 된 백령은 머리를 감싸 쥐고, 탁자에 엎드려 버렸다.

평소에 냉정 침착하여 『빙설 같다』라고, 집안사람들에게 칭찬을 받고 있는 걸 생각하면 보기 드문 모습이다. 의부님에게 보내는 편지에 쓸 내용이 하나 늘었군.

바깥 기둥 뒤에서, 우리들의 모습을 살짝 걱정스럽게 보고 있는 조하에게 손으로 신호.

그러자 시녀는 고개를 끄덕끄덕 움직이더니, 이번에야말로 물러났다. 백령은 참으로 사랑 받고 있어.

나는 기뻐져서, 아직도 머리를 감싸 쥐고 있는 소녀를 달랬다.

"뭐—— 가끔은 괜찮겠지. 완전무결한 것보다도 틈이 있는 게 분명히 더 귀여움 받을 수 있잖아?"

"다, 당신하고 같다고 생각하지 마세요! 저도, 체면이란 것이, ……그렇잖아도, 놀림 받고 있는데."

"응?"

부루퉁해져서 고개를 숙이며 흘린 말을 놓치고 말았다.

백령은 서류에 붓을 움직이면서, 빠른 어조로 나를 힐문했다.

"……아무것도 아니에요. 잊어 주세요. 아아, 그랬어요. 괜찮을 거라고 생각하지만, 어젯밤에 저는 이상한 말 안 했나요?"

"……안 했어."

반사적으로 시선을 피했다. 어디서부터지? 어디서부터 기억이 없지??

백령이 의자를 움직여 내 의자와 딱 붙이더니, 얼굴이 바싹 다가왔다.

"……어째서 눈길을 피하는 건가요? 지금이라면 용서해줄게요. 정말로—— 정말로, 이상한 말은 안 했죠?"

……이걸로 끝인가?

나는 두 손을 가볍게 들고 요구를 수용했다.

"말 안 했어. 안 했다니까. 내 가슴에 머리를 들이민 건 기억하지?"

"?! 가슴에——."

또다시 백령의 얼굴이 새빨갛게 물들고 「저기…… 그게, 그…………」하면서 허둥지둥.

마, 말도 안 돼! 거, 거의 처음부터 기억이 없는 거냐?!

내가 어안이 벙벙한 가운데, 소녀가 일어서서 등을 돌리더니 심호흡을 반복했다.

그때마다, 뒷머리의 머리끈이 위아래로 움직였다.

살짝 목덜미와 귀를 빨갛게 물들이면서도, 평정을 가장하여 백령이 돌아보았다.

"──자세한 이야기를 들을 필요가 있을 것 같아요. 지금부터 차근차근!"

"회, 횡포 아닙니까?"

"당연한 권리의 행사입니다."

성큼성큼 다가와서, 양쪽 허리에 손을 대고 소녀가 나를 내려다보았다.

눈동자에는 물러섬 없는 강한 의지.

……마, 말을 하라고? 나한테 잔뜩 어리광을 부리던 장백령의 이야기를?!

경양의 방벽 강화안에 『찬성』의 서명을 하면서, 필사적으로 타개책을 생각했지만── 아무것도 안 나왔다. 이럴 때 어렴풋한 전생의 기억은 도무지 도움이 안 된다.

백령이 차갑게 내 이름을 불렀다.

"척영."

"후, 후회해도 모른다── 잠깐. 무슨 소리 안 들려?"

"? ──그렇네요."

얼굴을 마주 보며, 항아리에 꽂아둔 우산을 집어 둘이 함께 비가 내리는 정원으로 나섰다.

분명히 들린다.

""말이 달리는 소리?""

경양뿐만 아니라, 영 제국에서는 도시 구역 안에서 말을 달리는 것이 금지되어 있다.

용납되는 것은, 화급한── 그렇다, 적군의 침공이 있을 때뿐이다.

우산 아래서 백령이 내 왼쪽 소매를 잡고 바짝 붙었다.

이윽고 말의 울음소리가 울려 퍼지고, 저택 안이 단숨에 소란스러워졌다.

굉장한 속도로 복도를 달려 정원에 온 것은 서간을 든 조하였다.

평소에는 표홀하지만, 안색이 창백하다.

"척영 님! 백령 님! 크, 큰일이옵니다!"

"진정하세요, 조하."

자신의 시녀가 당황한 것을 보고 냉정함을 되찾았으리라. 백령이 말을 걸었다.

조하가 퍼뜩 한쪽 무릎을 짚었다.

"……실례했습니다. 척영 님, 이것을 보아 주세요. 경양 서방의 【백은성】에서 정파 님이 보낸 서한입니다."

"출성에서?"

받아서 재빨리 서한을 보았다.

문자가 흐트러지고, 일부는 피가 번져 있었다.

『【백은성】, 붉은색 장비의 기병 다수에게 포위』

『적기 및 붉은색으로 통일된 군장을 보아 현 제국『사랑』중 하나──『적랑』구엔이 지휘하는 것으로 측정.』

『서둘러, 경양의 방비를 굳혀야 함. 구원은 불필요.』

"으……!"

백령이 숨을 삼키고 입가를 눌렀다. ……그 바보 자식.

내 왼팔을 아플 정도로 쥐고, 은발 소녀가 말을 짜냈다.

"대규모 적군의 내습을 용납하다니?! 그곳에 있는 아군은 고작해야 200명 정도일 겁니다. 대군을 상대하면…… 이대로는!"

"그렇겠지……. 정말이지."

──정파가 적은 내용은 옳다.

소수의 수비병을 위해 구원을 보냈다가, 압도적인 적군에게 패배하면 봐줄 수가 없다.

의부님은 최정예와 함께 아직도 임경. 군 주력은 례엄이 이끄는 대하.

대륙을 남북으로 꿰뚫은 대운하의 중심점에서, 영 제국 최중요 거점인 경양은 요새선으로 방어를 하고 있기에 대병력을 두지 않는다.

다른 도시와 같이 사방을 성벽으로 둘러싸고 있긴 하지만, 금방 움직일 수 있는 병력은 고작해야 3천이다.

병사 한 명이라도 낭비할 여유가 없다. 여기가 함락되면 임경에 직격을 맞을 수도 있다.

대를 살리기 위해 소를 내친다. 왕영풍이라면 그리 했을 것이다. ……그러나.

나는 우산을 백령에게 넘겨주고, 방에 돌아갔다.

"척영?"

"척영 님?"

두 사람의 기척을 등으로 느끼면서, 명령이 보낸 검을 허리에 차고 활을 집었다.

그리고 돌아보며 별 일 아니란 것처럼 두 사람에게 말했다.

"내가 구원하러 간다. 기병 5백을 데려간다. 백령, 너는 농성 준비를——."

"저도 가겠어요. 활을 가져와요."

"앗, 네!"

소녀가 즉시 결단하고, 자기 시녀에게 명령.

황급히 조하가 방으로 간 다음—— 나는 군이 엄격한 시선을 보냈다.

"……야."

"저도 가겠어요. 문관 지망인 당신의 등을 지키는 건 나밖에 못 하잖아요?"

단호한 어조다.

……안 되겠군. 설령 100년 동안 의논을 해도 지금의 백령은 꺾이지 않는다.

나는 눈을 감고, 내 생각을 이야기하기 시작했다.

"——전선의 할아범에게 즉시 전령을 보내야 해. 내용은."

"『지금은 움직이지 마라』."

백령이 말을 잇기에, 수긍했다.

지난번과 달리 적의 대군이 갑자기 나타났다. ……이것만으로 끝날 리가 없다.

"상황을 확인하자마자 도읍에 파발을 보낸다. 경양 안에 있는 싸울 수 없는 자, 병졸이 아닌 여자, 아이, 노인의 피난을 각 문관에게 지시해야 해."

"전선에서 병사를 부르지 않아도 되는 건가요? 례엄이라면 금방."

"안돼."

나는 단언하고, 백령과 복도로 나서 마구간으로 걷기 시작했다.

──아마도, 그게 바로 적의 노림수다.

현 나라 황제 아다이의 사람됨은 의부님이나 할아범에게 들었고, 전력도 가능한 조사했다.

그자, 악역무도하지만── 무시무시한 지혜를 가졌으니.

그런 상대가 병사를 움직였다.

나는 장백령에게 가르쳐 주었다.

"놈들이 이렇게 침입에 성공한 것은 이걸로 두 번째야. 그런 녀석이. 아무 책략도 없이 올 것 같아?"

"…………."

언젠가 의부님마저도 넘어설지 모르는 은발창안의 소녀가 생각에 잠겼다.

──열여섯, 이라.

절대로 죽게 만들 수는 없어. 속으로 결심을 굳히면서 계속 설명했다.

"첫 번째는 시험. 두 번째인 이번이 진짜. 아니, 소문으로 들은

『적창기(赤槍騎)』가 모두 투입됐다고 봐야겠지.”

“윽!”

백령의 단정한 얼굴이 굳어졌다.

현재 장가군의 주력 3만은 대하에 구축된『백봉성』에 있었다.

……그 군이 움직이지 못하는 정세라면.

“척영 님, 백령 님!”

복도에서 기다리던 시녀들이 부르기에, 전통과 경갑을 받아 걸으면서 준비를 진행했다.

“놈들의 목적은 경양 탈취. 그리고 전선에 있는 군 주력의 포위 섬멸이야.『백봉성』에서 병사를 빼내면, 즉시 대하를 넘어 대침공이 시작될 거야. ……의부님은 이걸 염려해서 증원을 바라셨지.”

“그러면…… 어떻게 할 건가요?”

마구간에 도착하자, 말에는 안장을 얹어 놓았다.

고참병들이『서두르십시오!』라고 눈으로 신호를 하더니 말을 데리고 밖으로 나섰다.

긴급 상황인데 세부적인 전달이 되고 있다. 장씨 가문을 섬기는 자들은 유능하다.

백령을 돌아보고 왼손을 들었다.

“빤하잖아? 싸워야지. 버티고 있으면 천하무적의 장태람이 정예를 데리고 도읍에서 돌아온다. 그러면── 우리들의 승리야!”

은발 소녀는 전통을 허리에 차고 활을 쥐었다.

“이해했어요. 그렇다면 점점 더 당신을 혼자 구원으로 보낼 수는 없어요. ……설령.”

똑바로 시선이 나를 꿰뚫었다.

"당신이 아버님보다 강하더라도."

무심코, 움직임이 멎었다.
"백령……."
이제부터 가는 곳은 틀림없이 사지였다.

그럼에도, 평소와 다름없는 표정으로, 소녀가 손가락을 괜히 천천히 접었다.

"당신은 둔감하고, 심술궂고, 자칭 문관 지망이지만 일은 느리고, 나에게 술을 먹여서 추태를 보이게 하고, 시집 못 가게 하는 악인이고, 게다가, 성격이 나쁜 데다가 나보다도 가슴이 큰 연상의 작은 소녀를 도읍에서 꿰차는 불한당이지만."

"……야. 죄다 누명이거든?"
표정을 찌푸리며 항의했다. 말이 너무 심하잖아.
그에 비해서, 백령은 꽃이 피듯 함박웃음을 지었다.

"하지만── 10년간 계속 함께 보냈어요. 제가 당신의 『등을 지키고 싶다』라고 생각하는 건, 극히 자연스러운 거라고 생각하지 않나요?"

……졌구만. 이런 말을 하는데 데리고 가지 않을 수는 없다.
문득, 영풍을 떠올렸다.
이번 생에서도 내 등을 맡길 수 있는 녀석이 생기다니 신기한 일이군. 뭐, 그 녀석은 전장에 나서진 않았지만.

거기까지 생각하고, 나는 백령에게 어깨를 으쓱였다.

만반의 준비를 갖추고 밖으로.

빗속에서 정렬하고 있는 병사들 앞에서 나와 백령이 훌쩍 뛰어 말에 올랐다.

은발의 미소녀에게 표정을 찌푸렸다.

"……난처한 아가씨라니까!"

"그럼요? 알고 있었잖아요? 다른 누구보다도."

주인의 말을 듣고, 백령의 애마『월영』도 동의하는 것처럼 울었다.

"정말이지. ──이제부터, 『백은성』의 죽고 싶어 환장한 놈들을 구하러 간다! 나랑 백령의 등에서 떨어지지 않고 따라와라!!"

『오오오오오오오옷!!!!!!!!!!!!!!!』

5백의 기병이 일제히 무기를 뽑아, 하늘을 향해 포효했다.

나는 백령과 눈을 마주치고 서로 고개를 끄덕였다.

──일단은 안이한 옥쇄를 막아야지.

지옥의 문은 아직 열리지 않았단 말이다.

*

"전체 부대 멈춰라! 적에게 들킨다. 깃발도 내려라."

경양 서방. 비에 젖은 대평원.

『백은성』이 저 멀리 보이는 작은 언덕 위에서 나는 부대를 정지시켰다.

시각은 이미 저녁이 가깝다. 비는 아직도 내리고 있었다.

기병뿐 아니라 다수의 보병까지 포함된 붉은 군장의 적군이 성을 포위 중이지만, 공격을 일시적으로 중지한 모양이다. 무수한 적병에 둘러싸여 있는 폐허였던 요새는, 비에 젖은 검은 지면과 어우러져 마치 피로 물든 호수에 떠 있는 작은 섬처럼 보였다.

눈을 가늘게 뜨고, 힘을 주어 펄럭이는 군기를 살폈다.

"금사로 테두리를 두르고, 중앙에는 늑대……. 『적랑』이군."

아군이 술렁거린다.

"이봐……."

"보이, 나?"

"말이 되냐. 깃발이 보이긴 하는데……."

"이 거리에서?!"

"도련님은 문관 지망 아냐?"

왼손을 들어 진정시켰다.

내 옆에 있던 백령이 입술을 깨물고 중얼거렸다.

"……저것이 『적창기』. 수는 약 3천 정도이니, 선행 정찰 부대일 테죠. 본대는 정석대로 아직 후방일 거라고 생각해요. 하지만…… 소수라면 모를까, 이 정도의 수를 어떻게? 【서동】의 경계망을 통과하다니……."

"여기까지 오면, 하나밖에 없어."

나는 모두에게 들려주며 내뱉었다.

……유능한 자는 어느 시대든 성가시기 짝이 없다.

"【서동】이 배신한 거야. ……시내에 돌고 있는 【서동】의 물건이 늘어난 단계에서 깨달았어야 했어. 【현】나라가 아니라, 【서동】의 인간이 적극적으로 정보를 수집하고 있었던 모양이군. 이쪽의 전력과 배치까지 다 들켰다."

『윽?!』

두 눈을 부릅뜨며 백령이 말을 잃었다. 병사들의 동요도 알 수 있었다.

백 년 가까이 우방국이었던 【서동】이, 지금은 적이 되었다.

앞으로 영 제국은 북쪽과 서쪽 두 방면을 조심해야 한다.

활을 강하게 쥐면서 고개를 젓고, 비에 젖은 은발의 소녀가 표정을 찡그렸다.

"그럴 수가…… 험준한 칠곡산맥을 기병으로 넘다니……."

"할 수 있어. 황 제국 시대에도 했었지. 그때는 코끼리도 데리고 있었다고……."

희미하게 남은 기억을 더듬어, 나는 독백했다. 고참병 한 명이 웃으면서 끼어들었다.

"도련님! 마치 본 것처럼 말씀하십니다!!"

얌전한 실소가 퍼지고, 물안개가 흩어졌다. 한쪽 눈을 감으면서 괜한 변명을 했다.

"……미안. 책을 너무 읽었나 봐. 알잖아? 나는 문관 지망이라고."

모두의 표정에서 적당히 긴장이 풀리고 『이 사람은 또 이런 소리를』 하는 표정을 지었다.

강대한 적병 앞에서도 사기가 흔들리지 않는다.

과연 의부님이 키워낸 『장가군』이다.

고참병을 중심으로 편성했기도 해서, 다들 담력이 있다. 든든
하군.

백령과 눈을 마주치고, 나는 왼손을 들었다.

"전원 주목."

시선이 집중되는 가운데, 병사들을 둘러보며 작전을 전달했다.

"일단 내가 적진을 무너뜨린다. 너희들은 백령의 지휘로 백은
성 녀석들을 구원. 경양으로 귀환해라. 한 명도 버리지 마라. 부
상자도."

큰 소리는 내지 않았어도, 확실하게 술렁임.

그러나―― 반대 의견은 없었다.

적은 이름 높은 『적창기』. 기병이 약 천에 지원하는 보병이 2천.
그에 비해서 아군은 기병 5백.

수적인 열세를 뒤집기 위해서는 평범한 방법으로는 불가능하
다는 것을 이해한다. 이 자리에서는 지휘관인 나를 믿는 수밖에
없다는 걸 경험으로 아는 것이다.

전장에서는 기묘한 일도 일어나지만, 『수』라는 요소는 그것을
분쇄하는 힘을 가졌다.

나도 열에 셋 정도는 죽을지도 모르지만…… 일곱은 살아남는
다. 나쁘지 않은 도박이야.

백령이 백마를 몰고 다가와 노려보았다.

"……척영?"

나는 고개를 젓고, 단호한 어조로 말했다.

"의논은 나중에 해. 나랑 네가 둘 다 돌격하면 지휘관이 없어. 나는 장씨 가문의 더부살이. 이럴 때 정도는 멋을 좀 부려야지. 중간까지지만, 등을 맡긴다! 구원이 완료되면 효시로 알려줘. ……죽으면, 용서해라. 너는 반드시 살아라."

"……알겠어요. 죽으면, 용서 안 해요. 절대 용서 안 해요. 그때는 저도 죽습니다."

""음!""

찰나 눈싸움을 하고, 병사들의 눈을 의식해서 서로 눈길을 피했다.

……죽을 수가 없게 됐군.

병사들이 싱글싱글 묘하게 즐거워 보인다. 양쪽 볼을 두드리고, 자신에게 기합을 넣었다.

비가 그쳤다.

"좋아! 그러면——."

활에 화살을 메기고, 당겼다.

보통 활은 사정거리 밖이지만…… 명령이 보내준 강궁이라면! 눈을 감아 집중한 뒤에, 쏘았다.

——저녁 햇살 안에서, 성을 둘러싼 적의 군기가 부러지는 것이 확실하게 보였다.

『?!!!!』

적군이 커다란 소리를 내는 것이 바람을 타고, 희미하게 들렸다.

나는 활을 머리 위로 들며, 외쳤다.

"돌격 개시!!!!!"

전군의 선두에서 말을 달리며, 화살을 전력으로 속사했다.
적의 활 사정거리 밖에서, 닥치는 대로 쏘아 적병을 쓰러뜨렸다.
"도련님?!"
"마, 말이 되냐, 으아…….."
"크하하, 나는 알고 있었지!"
"터, 터무니없잖아! 터무니없어!"
말의 질주음과 함께, 아군의 놀라움과 환성이 울렸다.
급속하게 거리가 가까워지는 가운데, 나는 부대의 혼란을 수습
하려는 지휘관으로 보이는 적 기병을 노리고── 쏘기 전에 다른
화살이 박혔다.
적 지휘관이 어깨를 누르면서 낙마했다.
나는 훌륭한 솜씨를 보인 백령을 진심으로 칭찬했다.
"제법인걸!"
"당연, 해요!"
둘이서 선두를 달리며, 가차 없이 화살을 쏘아 차례차례 적 기
병을 낙마시켰다.
적군이 확실하게 겁먹은 걸 알 수 있다.
"우리들도 도련님과 백령 님을 따른다!"
『예!』

사정거리 안에 들어가자, 고참병의 명으로 기마 사격을 할 수 있는 아군도 활을 쏘기 시작했다.

그에 비해 적군은 지금까지 혼란에 빠져 있었지만…… 방패를 모아 부상자를 구호하고, 보병이 창을 겨누어 전열을 짠다. 기병도 집결하고 있었다. 심리적 기습을 받은 다음인데 수습이 빨라.

그에 더해서…… 현 나라의 기병은 모두 기마 사격을 한다고 할 아범이 말했었지.

정면으로 화살을 주고받는 건 불리해.

나는 화살 세 대를 들고서, 빠르게 속사. 잠시 적 궁기병을 못 박아두고 외쳤다.

"백령! 지금이다!! 가라!!!"

"척영! 하지만…… 나는 당신을!"

목소리에 강한 망설임.

장씨 가문의 인간으로서, 아군을 버릴 수는 없다.

그러나 지휘관인 백령이 없으면 부대가 붕괴해 버린다.

이 자리에서는 내가 목숨을 걸어야 한다.

그러자 우리의 후방을 달리던 네 기가 전방으로 나섰다.

모두 고참병. 각각 대검, 창, 극, 망치를 들고 있었다.

"백령 님!"

"저희들이 도련님을 호위하겠습니다."

"장 장군께서 목숨을 구해주셨습니다."

"으하하! 그 은혜를 갚아야 할 것입니다!"

입을 모아서 지원했다.

"야! 바보 자식들, 그만둬! 가는 건 나 혼자면――."

활을 지고 허리의 검을 뽑으면서, 막으려 했지만,

"고마워요. ……부탁해요! 다들, 성으로!!"

『맡겨주십시오!!!!!』

『예!』

백령이 먼저 고개를 숙이더니 남은 부대를 훌륭하게 통솔하여 성으로 재돌격을 개시했다.

적의 혼란이 퍼지자 성에 틀어박힌 아군에게서도 반격의 화살이 쏟아졌다.

일시적으로 생긴 전장의 공백에 나는 말의 기세를 늦추고, 고참병들에게 혀를 찼다.

"……너희들 말이지……."

"안됩니다."

"당신이 죽으면, 아가씨가 울 겁니다."

"맛있는 밥의 은혜를 갚아야지요."

"으하하! 례엄 님이 저희에게 단단히 일러두셨습니다!!"

고참병들은 그렇게 말하고 웃음을 흘리더니, 제각각의 무기를 쥐고 갑옷을 두드렸다.

『저희의―― 척영 님의 방패가 되어 죽을 각오! 지옥으로의 동행, 허락하소서!!!!!』

……아아. 전생에서도 그랬었지. 어째서, 그렇게 좋다고 죽으

러 가는 거냐.

검은 머리를 난폭하게 매만지고, 검의 칼날을 돌렸다.

하얀 칼날이 저녁 해를 반사하여, 피를 빨아들인 것처럼 빨갛게 물들었다.

"할아범이 괜한 짓을……. 노장은 이렇다니까!"

"칭찬을 하셨습니다."

"백령 님에게는 당신이 필요하다고."

"장 장군이나 도련님 같은 사람이 죽으면, 아랫사람들이 고생을 합니다요."

"으하하! 새로운 영웅의 탄생, 이 눈으로 지켜보고 싶습니다!!"

……바보 자식들!

나는 검과 창을 겨누며 돌격하는, 수십 기의 적병에게 칼끝을 겨누었다.

"어쩔 수 없구만. 너희들 늦지 마라? 전력으로 따라와! 그러나── 죽는 건 절대 용서 안 한다!! 살아서, 나랑 같이 백령한테 할 변명을 생각해라!!!"

『알겠습니다!!!!』

나는 말에게 신호하여, 단숨에 달려나갔다.

설마, 고작해야 다섯 기로 맞설 거라 생각 못 했겠지. 선두의 적 기병이 눈을 부릅뜨더니── 입가에 조소를 지었다.

창을 내밀면서, 노호(怒號).

"죽어라!"

날카롭게 굽이치는 현 제국의 독특한 창날이 나에게 다가온다.

"──무르군."

"?!"

창 자체를 강하게 튕겨내고, 텅 빈 몸통을 가죽 갑옷과 함께 거침없이 쓸어버렸다.

무슨 일이 일어났는지도 이해 못 하겠다는 표정으로, 적 기병이 절명하여 낙마.

선두에 이어서, 돌진해오는 기병을──.

"이놈이고 저놈이고, 죽고 싶어 환장을 했어."

『윽?!!!!』

차갑게 말하면서, 베어내고 전진했다.

적이 외치는 단말마가 사라지자, 후방이 술렁거렸다.

"뭐, 뭐야!"

"훌륭하십니다!"

"범의 자식은 범이란 거구만!"

"으하하하!"

내 옆으로 달리며 앞으로 나온 역전의 고참병들이 놀라면서 나를 칭찬했다.

다들 무사히 습격을 빠져나왔군.

일섬. 날아오는 화살을 쳐내면서, 적군의 전열을 둘러보며 냄새를 맡았다.

──있군.

한층 커다란 붉은 갑옷과 투구를 입은 젊은 남자가, 거품을 물면서 지휘봉을 휘두르고 있었다. 가죽제가 아니라, 금속제다.

"도련님!"

고참병의 요격을 빠져나와 좌우에서 공격해온 2기를 검과 함께 베어버리고, 피를 떨쳐냈다.

힐끔, 후방의 성을 확인. 적군이 흩어지는 게 보였다.

"놈이 장수다! 간다!!!!"

『예!!!!』

용감한 포효. 그러나, 이미 상처가 없는 건 나뿐이다.

젊은 지휘관이 겁먹은 기색으로 지휘봉을 이쪽에 겨누었다.

주위를 지키는 기병의 장비가…… 다르군?

말을 다루는 움직임만 봐도 숙련병임을 알 수 있었다. 적색으로 칠한 금속제 갑옷과 투구를 입은 적의 중장기병들이 둘로 갈라져, 우리를 포위하며 돌진한다. 나는 더욱이 속도를 올려 명령했다.

"멈추지 마라! 눈앞의 적은 모두 쓰러뜨려!!"

『물론입니다!!!!』

쏟아지는 무수한 화살을 튕겨내고, 이어서 공격해오는 수염 난 기병을 검으로 벤다. 낙마시키고, 속도를 늦추며 사자후.

"방해된다!! 죽고 싶지 않다면 길을 열어라!!!!!"

장수를 지키려는 적 기병의 대열이 흔들리고, 아주 약간『진로』가 생겼다.

여기밖에 없어! ……없지만.

『죽여라! 죽여라!! 죽여라!!!』

후방에서 어마어마한 노호와 함께, 적의 경기병이 따라온다.

이대로는 적장을 치기 전에 사이에 끼어서── 죽는다.

내 옆에서, 상처를 입으면서도 분전하고 있던 고참병들이 말머리를 돌렸다.

"도련님!"

"우리가 막겠습니다!"

"적장을 치십시오!"

"큭! 너희들!!"

대형 망치를 든 거구의 병사가 자신의 말에서 뛰어내리더니 포효했다.

"우리가, 도련님의 벽이 되겠습니다!!!!! 우오오오오오!!!!!!!!!!"

""""척영 님! 앞으로!!!!!""""

강하게 움켜쥔 검의 자루가 삐걱거린다. 적병의 혼란이 수습되면…….

등을 돌린 채, 검을 수평으로 들고 조용히 명했다.

"……바보 자식들. 먼저 가서 기다려라. 언젠가 나도 간다."

『알겠습니다!!!!』

웃음이 섞인 대답을 듣자마자, 나는 단숨에 말의 속도를 올리며 질주했다.

적의 대열 안에 형성된 『진로』에 뛰어들어, 일직선으로 적장을 향해 돌진했다.

후방에서는 격렬한 노호와 비명. 무기와 무기가 부딪치는, 시끄러운 금속음.

──그리고, 사람이 땅에 떨어지는 소리. 대형 망치를 든 고참병의 함성이 귀를 때렸다.

"으하…… 하하하하!!!!! 여, 여한이 없구나!!!!! 새로운 영웅의 등을 지키는 영예── 우리가, 이룩했도다!!!!"

소리가 들리지 않게 되어도 나는 돌아보지 않고, 아연한 적병의 대열을 달려서 빠져나갔다.

적장의 창백한 얼굴을 향해, 검을 가차 없이 내려쳤지만──.

"그렇겐 못 한다!"

마지막 호위 기병의 검에 막혔다. 그의 투구 안엔 백발이 보였다. 몇 합 주고 받으며, 거리를 벌렸다.

강하군. 수많은 사선을 넘어온 강자겠지. 왠지 할아범과 닮았다.

──그러나.

"각오── 큭! 말도, 안…… 이, 이 정도 실력을 가진 자가, 윽."

거리를 좁히는 노기병의 일격을, 몸을 뒤로 쭉 눕혀서 피하고 왼팔을 양단했다.

마지막 호위가 낙마.

얼굴이 창백한 적장에게 검을 겨누자, 비명을 질렀다.

"괴, 괴물 자식! ……뭐, 뭐냐. 뭐냔 말이다, 너는?!"

"그냥 문관 지망이야."

"큭?!!!!"

마지막까지 말을 듣지 않고, 주저 없이 목을 날리며 외쳤다.

"적장—— 장척영이 물리쳤노라!!!!"

『?!』

다수의 적군 전체에 잔물결처럼 혼란이 퍼졌다.

거의 동시에, 피리 소리 같은 효시의 소리가 울려 퍼졌다.

——백령이 성의 병사들 구출에 성공하여, 전장 탈출을 시작한 것이다.

의부님의 피인가? 부대 지휘는 나보다 위일지도 몰라.

나는 아주 약간 표정을 풀었다. 검을 휘둘러 피를 떨쳐내고—— 말머리를 돌렸다.

하다못해…… 하다못해 그 녀석들의 머리칼 한 줌이라도.

"젠장. 내 등을 지키는 녀석은, 다들 먼저 죽어버린다니까……."

말에게도 한탄이 전해졌으리라. 위로하듯 떨고서, 질풍처럼 달리기 시작했다.

……아, 그렇지.

"죽으면, 백령이 울 테니까!"

나는 자기 자신을 격려하고, 혼란의 소용돌이에 있는 적 기병의 무리에 맞섰다.

——내가 단기로 전장을 돌파하여 경양에 도착한 날, 밤.

성문에서 기다리고 있던 백령에게 이끌려 상처 치료를 받고 있을 때—— 비보가 왔다.

『현 나라 황제 아다이. 대군을 이끌고, 대하 북방에 진을 세우다.
대침공의 조짐으로 보인다.』

이날의 전투는 어디까지나 전초전.
그것을, 우리는 이튿날 아침 알게 되었다.

제4장

"위대한 【천랑(天狼)】의 천자── 아다이 황제 폐하! 존안을 배알하여, 황송 무지하옵나이다. 각 군 총 20만. 이미 포진을 마쳤사옵니다. 어떤 명이든 내려주시옵소서!"

대하 북방. 남방 정벌 침공 거점 『삼성성(三星城)』.

심야의 대회의장에 노원수의 보고가 울려 퍼졌다.

역전의 용장, 맹장들도 몸에서 강한 전의와 긴장을 뿜으며 깊숙하게 고개를 숙이고 있었다.

3년 만에 전장에 나선 나── 현 제국 황제 아다이 다다는 전선(戰船)에 있는 옥좌에 앉아 강한 만족을 느꼈다.

손에 든 **새로운 속국**의 헌상품, 금속제 잔에 자신의 옆모습이 비쳤다.

긴 백발과 검은 눈. 7년 전── 열다섯에 제위를 이은 이후로, 거의 변화가 없는 소녀 같은 용모와 가녀리고 작은 몸. 제대로 검을 휘두르지도 못하고, 활도 못 다루고, 말조차 탈 수 없다.

보통은 개인의 무용을 존중하는 나의 제국에서 모멸의 대상이 되었으리라.

그럼에도, 이 자리에 있는 자들은 나에게 숭배와 경외밖에 없었다.

──아무도 나를 이길 수 없다는 것을 아는 것이다.

다리를 꼬고, 왼손을 들었다.

"고개를 들고, 앉으라. 그대들의 전의를 기쁘게 생각한다. 그러나…… 이번에는 서두르지 않아도 좋다."

장수들이 의문스러운 표정을 지었다.

나는 스스로 지휘를 하는 **모든 전장**에서 주로 속전을 해왔다.

그리고 열다섯에 첫 출진을 한 이후, 모든 전투에서 이겨왔다.

대기하고 있던 소년 종자병에게 마유주를 따르도록 하며, 말을 이었다.

"배로 이동하는 것에 익숙지 못하니 병사도 말도 지쳐있다. 증원이 도착할 때까지 느긋하게 지내도록 하지."

내 나라의 백성은 대초원── 과거의 【연】 나라에서 유래했다.

배에 익숙지 못한 인마가 피로해지는 것은 어쩔 수 없는 일.

그러나 영 나라의 밀정도 침입할 수 없는 북동부에서 건조된 대운송선단과 강한 북풍이 부는 기회를 틈탄 대운하의 활용. 이는 맞은편에 진을 치고 있는『장가군』을 놀라게 한 모양이다. 대하 하구도 다른 선단이 봉쇄하고 있는 이상, 간단히 움직일 수는 없으리라.

노원수가 깊숙하게 고개를 숙였다.

"폐하께서 병사를 생각하시는 말씀, 몸 둘 바를 모르겠사옵니다. 하오나……."

중간에 말을 머뭇거리고, 그저 침묵한다.

잔의 술을 반쯤 마시고, 나머지 말을 이었다.

"『서두르지 않으면, 성가신 장태람이 배은망덕한 자들의 도웁에서 돌아온다』── 이것인고?"

"……예."

7년 전, 죽음을 앞둔 **이번 생**의 아버지── 선제 최후의 친정을 좌초시킨 영 나라 제일의 장수다.

개인의 무용도 뛰어나, 『적랑』과 단기로 맞서면서도 호각.

그 지휘는 참으로 훌륭하며, 내가 아니었다면 우리 군은 격렬한 추격을 받아 뿔뿔이 흩어졌을 것이다.

그자만 없다면, 우리는 진작에 대하를 돌파했으리라.

임경을 함락시켜, 동맹 관계였던 내 나라를 배반하고 어수선한 틈을 타 영토를 빼앗고자 한 배은망덕한 놈들을 무릎 꿇리고── 『노도』가 심어졌다는 신화시대를 제하면 황 제국 이래, 약 천 년 만에 천하통일을 이룩했을 것이다. 선제께서도 분사(憤死)하지 않았을지 모른다.

지난 7년……. 헤아릴 수 없을 정도의 작은 전투에서, 태람은 그때마다 내 군에 적지 않은 타격을 주었다. 전장에서 놈은 만만치 않으며, 쓰러뜨리는 것은 쉬운 일이 아니다.

……영봉에게는 크게 못 미치더라도.

나는 가슴에 작은 둔통을 느끼면서도, 마유쥬를 들이켰다.

"문제는 없다── 이미 손을 써두었지. 놈은 배은망덕한 놈들의 도읍에서 금방 돌아올 수 없다. 우리들이 목적을 달성할 시간은 충분할 것이야."

『오오……!』

본진이 술렁거린다. 이 자리에 있는 자들은 태람이 만만치 않다는 것을 알고 있다.

옥좌에 왼쪽 팔꿈치를 대고, 눈 앞에 펼쳐진 지도를 바라보며 나는 웃었다.

임경에 놓여 있는 장수와 부대의 말──『장태람』.

"어째서 놈이 돌아오지 못하는지, 알고 싶겠지? 내 조부가 대하의 남방── 과거【제】나라 땅으로 놈들을 몰아낸 지 50여 년. 그러나, 사람의 본질은 그리 변함이 없는 법이야."

장수들의 얼굴에 의문이 떠올랐다. 책모가 특기인 자는 제도에 남아 있거나 새로운 속국으로 파견했기에, 이 자리에는 없다.

"장태람은 틀림없이 후세에 길이 전해질 용장. 그 탓에──."

강하고 고결한 자를 꺼리는 무리는 어느 시대든 있다.

……과거의 어리석은 『왕영풍』처럼.

씁쓸함을 느끼면서도, 마유쥬를 따르도록 지시했다.

"내 나라와 『조공에 의한 화평』을 바라는 자들이 참으로 꺼리고 있다 하더군. 놈들의 말단에 이렇게 전해두었다. 『장태람이 이기게 되면, 화평은 영구히 사라지리라』── 남녘의 위제(僞帝)에게 충성을 맹세한 그 사내는, 결론이 나오지 않는 대화가 끝날 때까지, 대하에 쉽사리 돌아올 수 없을 것이야. 놈이 직접 통솔하는 장병들 또한 마찬가지. 만에 하나 돌아오더라도, 입장이 위태로워질 테지."

제장이 또다시 고개를 깊숙이 숙였다.

『폐하의 심모, 감복하였사옵니다!』

"그리 칭찬하지 말거라. 이 정도는 놀이와 같은 것."

두 잔째 마유쥬를 마시고, 탁상에 설치된 정교한 전황도를 보았다.

남쪽 기슭에 포진하는 적군을 이끌고 있는 것은──『례엄』.

기억을 더듬어, 손뼉을 쳤다.

"아아, 선제의 본영에 단기로 돌격해왔던 노인이로군. 기연을 느끼기도 한다만…… 성가시다. 장씨 가문에 대한 놈의 충성심은 참으로 굳건해. 주인이 부재중인 성을 간단히 내어주지 않을 것이야. 강공을 한다면, 우리들도 많은 피를 흘리게 되리라."

내 독백을 놓치지 않으려고, 장수들의 시선이 모였다.

……『황제』라는 지위에 익숙해진 것은 아니다.

그러나, 이 정도의 **연기 따위** 이미 골수에 스며들어 있으며, 장수의 통솔 방법도 알고 있다.

『불안을 드러내지 마라. 자신을 보여라. 그것만으로 괜찮다──영풍.』

나는 자연스럽게 웃음을 지으며, 잔을 종자에게 건네고 일어섰다.

"우리들은 이 땅에서 병마(兵馬)의 피로를 치유하며, 북방에서 만족을 토벌하고 있는 『삼랑(三狼)』의 도착을 기다리면 된다. 그 뒤에는──."

오랜 복숭아나무가 그려진 허리의 칼집에서 단검을 뽑아, 전황도에 박았다.

──경양.

"내 충신 『적랑』 구엔 규이가 모든 것을 정리해 주리라."

『아다이 황제 폐하께 승리를!!!!! 제국, 만세!!!!!』

장수들이 일제히 함성을 질렀다.

미소를 지으며, 너그럽게 여러 번 고개를 끄덕였다.

구엔이 그 명예를 일시적으로 떨어뜨리기까지 하며, 3년에 설쳐 실행한 작전에 하자는 없다. 전력도 충분하고 남을 만큼 준비했고, 병참도 만전이다.

종자에게 눈짓하여 장수들에게 금속 잔을 나누어주고, 마유쥬를 따라주었다.

──무엇보다, 【서동】을 함락한 시점에서 우리들은 이미 승리했다.

대국을 보면, 경양을 함락하고 말고는, 이제 사소한 일에 지나지 않는다.

구엔도 그것을 이해하고 있으니── 문득, 충신의 서간에 적혀 있던 자를 떠올렸다.

……장태람의 딸이라.

범의 자식은 범. 방심할 수는 없지.

그러나 성장하기 전의 어린 범 따위, 구엔이라면 손쉽게 쓰러뜨릴 것이다.

타고난 범이란 것은…… 그 녀석 말고, 【천검】을 찬 황영봉 말고는 없으니.

장수들을 둘러보며, 의식해서 웃었다.

"다들 오늘 밤은 마음껏 마시고, 보양을 해두거라. 『적랑』의 솜씨, 즐기도록 하자꾸나."

＊

"식량과 물의 비축은 어떻게 됐어?!"

"듬뿍 비축해놨지. 장 장군과 도련님이 지시가 있었으니까! 그, 비스킷? 이라는 게 참 좋더구만."

"주민의 피난을 서둘러라! 우선순위는 첫째로 아이들. 둘째로 어린아이를 가진 어머니. 셋째로, 싸우지 못하는 병자와 중상자. 넷째로 노인이다."

"북방 놈들은 행군이 빠르다. 무시무시하게 빨라. 서둘러! 서둘러라!!"

"서쪽의 감시를 게을리하지 마라. 조금이라도 이변이 있으면 곧장 척영 님께 보고해라."

하룻밤 지난 경양. 장씨 가문 저택의 집무실.

『현 나라 군이 온다!』라는 소식을 듣고, 이른 아침부터 수많은 자들이 뛰어다니며 상황 보고를 반복하고 있었다.

나는 의자에 앉아, 이른 아침 최전선의 례엄에게서 온 편지를 읽고 있었다.

『적의 군선 다수. 갑작스러운 습격. 적장도 속속 도착하는 모양.』

『적군의 수는 불명이지만, 과거의 전례로 보아 20만 이상은 확실.』

『즉시, 도움으로 구원 요청을 바란다.』

……의부님이 부재중인 걸 파악하고 대침공이라.

레엄은 역전의 맹장이며, 군도 최정예가 모여 있긴 하지만——.

"척영 님!"

내가 앞으로의 전황에 고민하고 있는데, 『백은성』에서 생환을 이룬 정파가 달려왔다. 머리에 감은 붕대에 피가 스며들었고, 갑옷도 지저분하다.

일단 의식을 되돌리고 물었다.

"상처는 이제 괜찮나?"

"이 정도는 대단찮은 상처입니다. 어제 일은 참으로 감사합니다!"

"구해낸 건 백령이야. 그리고 타산도 있다."

다가오는 청년에게, 나는 가볍게 손을 흔들었다.

저택 바깥에서 말의 울음소리와 어린아이의 울음소리. 도시 교외로 피난이 시작됐군.

"나는 장씨 가문의 더부살이야. 그런 인간이 전투에서 병사를 버리면 어떻게 되지? 농성전은 병사의 사기가 중요해. 하물며, 상대가 맹장 『적랑』이 이끄는 『적창기』다. 어설프게 행동하면 싸우기 전에 마음가짐에서 지게 된다. 목숨을 걸어야 할 때였어. 내가 죽어도, 백령이 있으니까."

"…………."

정파가 복잡한 표정을 짓고 입을 다물었다.

실내에 있던 다른 시녀와 병사들이 나를 보고 있는 걸 무시하고, 의식적으로 가볍게 고했다.

"그러니까── 신경 쓸 필요 없다. 다만! 살아남은 이상, 너는 열심히 일해줘야겠다. 할아범은 대하에서 돌아오지 못해. 지휘관의 수가 부족하다.『귀신 례엄』의 이름에 먹칠을 하지 마라."

청년 사관의 얼굴이 파르르 떨렸다. 어쩐지 좀 창백해졌군.

"……아다이 다다가 도착했다는 것은 사실일까요? 적의 허언이 아닐지??"

"십중팔구 사실일 거야."

저택 안에서 젊은 여자의 목소리가 희미하게 들렸다. 누군가를 막으려고 하는 모양이다.

……조하로군. 부탁했던 그 녀석의 설득, 실패했나?

나는 손을 펼치고, 정파에게 내 생각을 이야기했다.

"꼬맹이 때, 의부님과 할아범에게 자주 전쟁 이야기를 들었지. 아다이란 녀석, 언뜻 소녀처럼 보일 만큼 가녀리고 작아서, 검도 휘두르지 못하고 말도 못 탄다고 했어. ……그러나 7년 전의 대전에서, 그런 열다섯 살 황제의 목을 둘이 취하지 못하고, 직전에 대패한 군도 격파하지 못했어. 틀림없는 걸물이지. 3년 전에『적랑』이 좌천되었다는 정보도 모략일 거야."

실내가 크게 술렁거렸다. 떨리는 목소리로 정파가 물었다.

"모, 모두 우리를 속이기 위해서였단 말입니까? 서, 설마, 그런……."

"안 그러면 20만의 병사를 옮길 배를 준비할 수 없어. 그러나, 대하에 구축된 성채는 철벽이다. 병력 차이로 앞서고 있어도 함락은 어려운 일이지. 그래서 놈은──."

탁자 위에 펼쳐둔 지도를 손가락으로 순서대로 두드렸다.

【현】나라의 남서부에 펼쳐진 대삼림 지대와 사람이 접근할 수 없는 칠곡산맥.

그곳을 넘어선 곳에 있는【서동】.

마지막으로—— 우리가 지금 있는 경양과 대륙의 남북을 꿰뚫는 대운하.

어느샌가 실내에 있던 녀석들이 조용해지고, 내 이야기를 듣고 있었다.

"『적랑』이 이끄는 군이 서남부 인적 미답의 땅을 돌파.【서동】을 함락시키고, 경양을 강습하는 작전을 실행했다. 강한 북풍이 부는 시기를 기다린 거겠지. 대하 북쪽 기슭에 포진한 군은 례엄의 병력을 구속하고 있는『미끼』야. 주력은『적창기』. 경양을 확보하고서 포위 섬멸을 할 셈이다. ……아다이는 전혀 방심하지 않아. 의부님이 칭찬하는 것도 무리가 아니군."

"……빠른 구원은 바랄 수 없다는 것이군요."

정파가 떨리는 자신의 주먹을 움켜쥐면서, 말을 짜냈다.

"피난민의 호위에 나설 일부 노병이나 신병, 의용병들이 약 천 명 정도이니 우리 군의 전력은 아무리 계산해도 2천 이하가 됩니다. 그에 비해, 서방의 적 전력은."

"만을 가볍게 넘지. 아다이는 과감하다고 들었다. 이쪽의 열 배 정도는 투입할지도 몰라."

"『………………..』

모두가 입을 다물고, 시선을 떨구었다.

경양은 장씨 가문의 본거지로, 장장 50년에 걸쳐 방위설비가 강화되고 있었다.

그러나…… 이 병력 차이는 어찌하기 어렵다. 손뼉을 치고, 의식해서 가벼운 어조로 고했다.

"그렇게 어두운 표정 짓지 마. 대하를 건너서 경양이 함락되면 임경도 위태로워진다. 증원이 올 거야. 그걸 위해서는──."

말의 울음소리.

"배, 백령 님, 안 됩니다!"

그리고 조하의 비명 같은 목소리.

질주음이 들리고, 정원에 아름다운 백마──『월영』이 뛰어 들어왔다.

은발을 묶은 군장 차림의 백령이, 무게가 전혀 안 느껴질 만큼 사뿐하게 백마에서 땅에 내려섰다. 아름다운 얼굴에는 분노밖에 안 보인다…… 도망치고 싶어.

은발을 분노로 곤두세운 소녀가 커다란 걸음으로 방에 들어오자, 다들 좌우로 갈라지더니 폭풍을 피하고자 재빨리 밖에 나갔다.

직후── 터엉!

백령이 탁자를 있는 힘껏 양손으로 내리쳤다.

"척영!!!!! 설명해 주세요!!!!!"

바깥의 돌기둥에서, 경갑 차림의 조하와 시녀들이 고개를 내밀었다. 입술을 움직인다.

(무리였습니다! 서간은 건넸어요.)

(뒷일은 부탁드립니다!)

……오늘 아침에는 자신만만했으면서.

나는 옷깃을 조금 풀고, 화내는 미소녀에게 대답했다.

"무슨 일이야? 그렇게 서둘러서."

"……어떻게 된 건가요?"

가녀린 팔이 뻗어서, 내 멱살을 잡았다.

힘을 너무 줘서 그런지, 그러잖아도 하얀 손이 더욱 하얗다.

"어째서── 제가 도읍에 급사로 가야 하는 건가요? 명확한 이유를 설명해 주세요!"

……조하가 설명하기도 전에 여기 왔구나.

나는 시선을 받으면서, 담담하게 이유를 알려주었다.

"단순해. 배는 도망가다 침몰하거나, 나포됐다. 해로도 봉쇄되어 있지. 그러면, 말밖에 없어. 객관적으로 봐서 너랑 조하가 지금 경양에서 제일 마술이 뛰어나. 그 밖에, 두 명씩 짝을 지어 합계 스무 명을 보낸다. 단순하게 순수한 기량을 기준으로 한 인선이야. 증원이 없으면 경양은 못 버텨. 그리고── 경양이 함락되면 다음은 임경이다. 무슨 일이 있어도 도읍에 전황을 전달할 필요가 있어."

"…………."

은발의 미소녀가 입을 다물고── 먼저 시선을 피했다.

장백령은 재능이 빼어나다.

스스로도 이해하고 있었다. 내 말에 이치가 있다는 것을. 간신히 반론한다.

"……마술만 따진다면, 당신도."

"나는 벌을 받아서 도읍에 못 들어가."

고개를 들고 날카롭게 노려보았다.

그 보석 같은 창안에는 살짝 눈물이 담겨 있었다.

"……이런 때에 장난치지 말아요!"

"장난칠 여유 같은 거 없어. 손, 놔봐."

"…………."

마지 못한 기색으로 백령은 손을 놓았다.

흐트러진 옷을 가다듬으며, 일어선 소녀 앞으로 돌아갔다.

좌우의 검지를 세워서, 그럴 듯하게 변명.

"들어봐. 남아서 몇 배의 적과 싸우는 것도, 밤낮을 가리지 않고 말을 달려 도읍에 가는 것도, 어느 쪽이든 엄청난 고행이야. 적이 전령 사냥꾼을 풀 가능성이 높아. 내가 전자. 너는 후자. 균형이 맞잖아?"

"……저에게는."

백령이 힘없이 내 가슴에 머리를 기댔다. 모두가 숨을 삼켰다.

지난 몇 년, 들어본 적이 없는 나약한 중얼거림. 눈물이 내 옷을 적셨다.

"……저에게는, 당신의 등을 지킬 자격이…… 없는, 건가요……?"

어제 함께 적진에 돌입하지 못한 것을, 상상 이상으로 신경 쓰고 있었구나…….

나는 몸을 떨고 있는 소녀의 등을 몇 번, 가볍게 두드렸다.

"여전히 바보구나. 그럴 리 없잖아? 다만."

"……다만?"

고개를 들어, 눈이 새빨개진 백령이 말을 반복했다.

잠시 주저하고, 조용히 말을 이었다.

"……내 등을 지키는 녀석은 일찍 죽어버리는 것 같아. 어제 그 녀석들도 죽어 버렸지. 죽지 말라고! 그렇게 말을 했는데. 그리고 나는 네가 죽는 게 싫어."

"…………."

백령의 눈동자에서 커다란 눈물방울이 흘러 떨어졌다. ……네가 우는 것도 싫다고.

몸을 떼어내고, 되도록 밝은 어조로 말했다.

"어쨌든지! 한시라도 빨리 도읍에 가서 전황을 보고하고, 의부 님과 최정예 3천 기. 덤으로 원군도 데리고 와줘."

"……그건 …………명령인가요?"

백령도 어조를 되돌리고 노려보았다. 씨익 웃고 고개를 저었다.

"아니. 여기 돌아올 때, 마술 시합에서 기적적으로 이긴 권리의 행사다. 너 말했었지?『이기면 뭐든지 부탁해도 된다』고."

"…………비겁자."

두 눈에서 격정이 분출된다. 몇 번이고 내 가슴을 주먹으로 두 드리며, 외쳤다.

"당신은 언제나, 그렇게 저를…… 저도, 저도, 당신을!!!!!"

가만 내버려 둔 채, 손가락으로 눈물을 닦았다.

"……전장에 가기 전에 눈물은 불길하거든?"

"……울지, 않았, 어요…….."

말을 떨면서 백령은 나에게서 떨어져, 자기 뒷머리에 손을 돌렸다.

그리고 붉은 머리끈을 풀어 떠넘겼다.

어린 시절에 내가 쓰던 것이다.

"제 보물이에요. 돌아올 때까지 맡겨둘게요. 절대로 잃어버리면 안 돼요?"

"알았어. ……그럼, 나도 줄 거 있다."

"네?"

신기한 표정의 백령과 떨어져서, 탁자의 서랍을 열었다.

안에 들어 있는 작은 천 주머니를 꺼내, 머리를 푼 소녀에게 내밀었다.

"이건……?"

"네가 열일곱이 되면 주려고 했지. 말을 탈 거니까, 머리는 묶어둬."

백령이 천 주머니에서, 훌륭한 자수가 된 빨간 머리끈을 꺼냈다.

경양 근교에 사는 기술자한테 부탁해서, 특별히 만들었다.

"……윽."

머리끈을 자기 가슴에 대고, 단정한 얼굴을 엉망으로 찡그린 백령이 그래도 익숙한 기색으로 뒷머리를 묶었다.

……잘 어울리는 것 같네.

만족감을 느끼면서 손가락으로 눈물을 닦아주고── 서로 고개를 끄덕였다.

은발의 미소녀는 등을 쭉 펴고, 늠름하게 고했다.

"장백령── 도읍으로 가는 사자가 되겠습니다. 멋대로 죽으면 가만 안 돼요."

그렇게 말하고, 주먹을 내밀어 나에게 덤비듯 강한 결의의 시선을 보냈다.

쓴웃음을 지으며 주먹을 마주쳤다.

"그래. 맡겨둬! 죽을 생각도 없어. 죽을 장소는 침대 위라고 전생부터 정해뒀거든."

백령이 희미하게 표정을 풀고, 몸을 돌렸다.

등을 돌린 소녀의 작은 중얼거림이 귀를 때렸다.

"……바보……. 조하, 갑시다!"

"헉, 네!!"

기둥 뒤에서 연갈색 머리칼의 시녀가 정원으로 뛰어갔다. 나와 시선을 맞추길래 고개를 끄덕였다.

군장 차림의 조하가 『맡겨주세요!』하며 허리의 단도를 가볍게 두드렸다.

백령을 태운 월영이 한 번 울고──.

"이럇!"

조하가 모는 밤색 털의 말과 함께, 시야에서 순식간에 사라졌다.

……저 녀석, 눈길을 안 마주치네.

건네준 머리끈을 검의 자루에 묶고 있는데 정파가 조심조심 물어보았다.

"괜찮으신 겁니까? 백령 님을 보내셔도."

"괜찮아."

짧게 답하고, 그 이상의 말을 막았다.

만에 하나 경양이 함락되고, 그 녀석이 적군에 포로가 되었을 경우── 무슨 꼴을 당할지는 눈에 선하다. 『장태람의 딸』이란 것은 커다란 가치를 가진다.

……마지막으로 한번 끌어안았어도 좋았으려나.

감상에 젖어 있는데, 조금 늦게 돌아온 녀석들이 입을 모아서 말했다.

"척영 님, 그 상황에서 끌어안지 않다니, 너~무합니다!"

"둔감하다, 둔감하다고. 말을 그렇게 했었지만 설마……."

"이쯤 되면 거의 병이 아닌가?"

"분명히 지금쯤 울고 있을 겁니다."

믿을 수 없게도 아군이 전혀 없다. 백령은 모두에게 사랑받고 있군.

"에이잇! 너희들 시끄러워어어어!! 일이다, 일하자! 시간이 없어."

『예!』

거창하게 질책하자, 싱글싱글 웃으면서 일제히 경례하더니 일을 재개했다.

분위기가 다소 가벼워지긴 했군.

──백령이 돌아올 때까지는 살아 있어야겠네. 약속은 어길 수

없어.

나는 검에 묶은 머리끈을 매만지며, 결의를 다시 다졌다.

*

"오오~ 이거 장관이군."

백령을 보낸 이튿날 이른 아침.

경양은 구름떼같은 적군에 포위되어 있었다.

그 수는── 눈어림으로 약 3만 이상. 예상보다 꽤 많군.

보이는 기병도 보병도 모두 군장이 적색으로 통일되어 있고, 군기에 적힌 문자는 【현】.

그리고, 먹잇감에 덤벼들려는 『적랑』 본진에는 3개월 전의 적장.

빛을 반사하는 무구와 둔중한 북소리에 특유의 압박감을 느끼면서, 나는 성벽에 한쪽 발을 올리고 찬탄했다.

"이건……. 부하에게 맡기지 않고 『적랑』이 몸소 대원정을 온 건가! 적이지만 대단하군. 아니면, 3개월 전 일을 잊지 않은 건가? 어쨌거나, 절경이군, 절경이야."

"처, 척영 님. 물러나십시오! 적이 노릴 겁니다!!"

정파가 창백해져서 내 왼쪽 어깨를 붙잡았다. 병사들도 표정이 파르르 떨렸다.

……표정이 안 좋은걸. 하지만 평소 같은 어조로 물었다.

"정파. 병사들 배치는 끝났겠지?"

"앗, 예. 동서남북. 모두 배치가 끝났습니다. ……그러나."

"응, 알았어."

말을 중간에 막았다. 예상보다 적 병력이 크고, 상대가 힘으로 밀어붙이면 버텨낼 수 없다고 생각하는 것이다.

절망적인 상황에서도 냉정하게 생각할 수 있는 것이 장수로서 미덕이다.

그리고 지금 상황은 도망치는 게 상책이다.

그러나── 그렇게 되면 대하의 『장가군』이 앞뒤에서 공격받아 전멸한다.

우리는, 그런 편한 길을 갈 수 없다.

주변을 둘러보고, 씨익 웃었다.

장수는 불안을 드러내지 않고, 자신감을 보여야 한다.

"좋~아. 적장에게 인사를 하러 가자. 너희들도 따라올래?"

『…………………네?』

정파를 포함하여, 병사들 모두가 넋이 나갔다.

약간 늦게 투구 안에서 청년의 표정이 파르르 떨리고, 간신히 간언했다.

"처, 척영 님…… 이러한 상황에서 농담을 하시는 것은………."

"농담 아냐. 영차!"

『?!』

성벽에서 뛰어내려, 중간의 계단을 거쳐 서문 앞으로 갔다.

상황을 이해 못 한 병사들을 무시하고, 외쳤다.

"출진한다! 말 대령하라!!"

『! 윽, 네!!』

내가 큰 소리를 내자 놀라면서도, 소년으로 보이는 신병이 검은 말을 데리고 왔다.

훌쩍 올라타서, 목을 쓰다듬고 명령.

"개문하라!"

"기, 기다려주십시오!!!!!"

거품을 문 정파가, 굴러떨어질 기세로 돌계단을 내려왔다.

말의 안장을 붙잡고서, 필사적인 형상으로 호소했다.

"자포자기해선 안됩니다! 적군이 강대하다 해도, 다 함께 싸우면 승기를 잡을 수 있습니다. 척영 님의 몸에 무슨 일이 생기면, 경양은⋯⋯!"

"그렇기 때문이야."

서문이 천천히 열리는 가운데, 나는 작은 소리로 정파에게 말했다.

"⋯⋯적은 맹장『적랑』이 이끄는 정예 3만. 병사의 사기를 올리지 않으면, 의부님이 돌아올 때까지 도저히 못 버틴다. 이럴 때는 아무리『이치』를 논해도 소용없어. 어떻게든 대장이『싸울 의지』를 보여서, 병사를 고무할 필요가 있다──라고 생각하거든, 나는."

"큭! ⋯⋯다, 당신께서는⋯⋯."

정파가 벼락을 맞은 것처럼 눈을 부릅떴다. 어깨를 톡톡 두드려 위무했다.

"그런 표정 짓지 마. 금방 돌아올 거야. 다녀온다. 이럇!"

"척영 님!"

말을 몰아서, 문틈으로 나섰다.

북소리가 빨라지고, 대열을 짜고 있는 적 기병이 차례차례 활을 겨누어 나를 노렸다.

──그러나.

갑자기 북소리가 멈추고, 궁병도 후퇴했다. 나는 눈을 가늘게 뜨고 독백했다.

"……군악도 멈추고, 쏘지도 않는다. 성실한 사내로군……."

성문과 적 대열 사이에 말을 세우고, 나는 검을 뽑았다.

붉은 머리끈이 반짝였다.

"내 이름은 척영! 경양을 맡은 자로다!! 적장, 어디에 있는가!!!"

적과 아군 가리지 않고 크게 술렁거림이 일었다.

──단기 승부의 신청.

설마 내가 그런 짓을 할 줄은 생각도 못 했으리라. 적병도 당황하는 것처럼 보였다.

잠시 지나, 적 대열이 좌우로 갈라졌다.

늑대가 조각된 거대한 방천극과 심홍의 갑옷을 입고, 훌륭한 거마를 탄 장년의 무장이 나섰다.

남자의 왼쪽 볼에 커다란 흉터.

역시, 틀림없다. 3개월 전에 교전한 그 적장이다.

나는 검을 쥔 채 오른손을 수평으로 뻗어, 후방의 아군에게 신호했다.

『절대 쏘지 마라.』

나와 조금 떨어진 장소에 말을 세운 적장이 포효했다.

"내 이름은 규엔 규이! 현 제국의『적랑』이로다!! 장척영, 기다리게 했구나!!!"

적군에서 대환성. 아군에서 소리 없는 신음.

이것만으로 알 수 있다.

──이 녀석은 만전연마의 강자다.

나는 검 끝을 겨누고, 답했다.

"구엔! 환난신고를 넘어, 대군을 이 땅으로 이끈 수완── 훌륭하다! 그 활약을 보아 지금 물러나면 쫓지 않겠다. 3개월 전에 건진 목숨을 낭비하지 마라!!"

적 맹장이 살짝 놀라더니.

이내──.

"후하하하하하하하!!!!!!!!!!"

일대에 울릴 정도로 홍소가 울려 퍼졌다.

찌릿. 맹장이 시선을 던지고, 거대한 극을 몇 번인가 휘두르더니 나를 향해 말을 달렸다.

나도 늦지 않고자, 흑마를 몰았다.

"내 앞에서 일체 두려워 않다니! 훌륭하다!! ──그러나!!!"

"큭!"

교차하면서 뿜어낸 구엔의 무시무시한 일격을, 검으로 받아냈다.

어마어마한 금속음. 손이 저린다. 터무니없는 힘이야!

『?!』

지켜보고 있던 적과 아군 장병이 술렁거린다. 내가 맹격을 받아낸 사실에 놀라고 있군.

거리를 벌린 구엔이 다시 말을 몰아, 돌격해온다.

"큰소리도 지나치면 망언이 된다. 죽어라, 장씨 가문의 애송이! 나는, 네놈이 낸 볼의 상처를 걸고, 네놈의 목과 여동생을 아다이 폐하께 바치리라!!"

"흥! 바보 같은 소리! 우리 귀여운 공주를 대악당에게 줄 것 같은가!!"

한 합, 두 합── 부딪힐 때마다 속도가 오르고, 서로의 사이에서 불똥이 튀었다.

명령이 선별한 검의 비명을 들으면서 거리를 벌리고, 말을 반전시키며 야유했다.

"애당초 말이다! 의부님은 너희들의 책략 따위 진작에 간파하고 있었다! 마지막으로 이기는 것은 우리야!!"

"물정 모르는 소리구나, 애송이이이이!!!!!"

세 번째 돌진.

극의 찌르기를 피하고, 반격의 참격을 뿌리지만 받아낸다. 말을 나란히 달리면서, 서로에게 참격으로 응수하기를 잠시── 목덜미를 노린 내 일격을 받아낸 구엔을, 무기 너머로 칭찬했다.

"제법이군! 네가 의부님 휘하에 있었다면, 천하는 이미 평정되었을 텐데!! ……너 같은 게 앞으로 셋이나 있는 거냐?!"

"그건 이쪽이 할 말이다!"

구엔의 안광이 날카로워지고, 의심의 시선.

방천극을 짜증스레 회전시켜 검을 튕겨내고, 거리를 벌리더니 나에게 찌르며 노호.

"애송이…… 네놈은, 정체가 뭐냐! 이 정도 실력을 가졌으면서, 어째서 지금까지 전장에 나서지 않았느냐!!"

"흥! 당연한 거, 아냐!"

맹격을 버텨내다 보니, 검의 한계가 가깝다.

【천검】이── 아니, 하다못해 둘 중 한 자루라도 있었다면, 아니, 괜한 소리군.

적당한 곳에서 단기 승부를 끝내지 않으면, 무기의 차이로 진다.

"나는 뿌리부터 문관 지망이라고! 사실은 이런 자리에 서는 일 없이, 평생 시골에서 평온하게 살고 싶었는데…… 인생계획을 멋대로 망치지 마라!!!!!"

"헛소리를!"

구엔이 귀신 같은 형상으로 돌진했다.

극을 양손으로 쥐고, 오늘 최대의 일격!

검을 내밀어, 받아 흘리려 했지만──.

"! 칫!!"

칼날이 절반쯤에서 부서지고, 땅바닥에 박혔다. 적장의 표정이 승리를 뽐낸다.

"유감이구나, 죽어라!!"

"이 멍청아! 누가 죽겠냐!!"

"!"

남은 검신으로 간신히 공격을 비껴내고, 말을 문 쪽으로 몰았다.

성벽 위로 돌아가, 단기 승부를 지켜보던 청년 사관에게 외쳤다.

"정파! 내 활!!"

"! 네, 네!"

한 순간 놀라지만, 정파는 활과 전통을 집어서──.

"척영 님!"

나를 향해 있는 힘껏 던졌다. 멀어!

뒤에서 따라오는 구엔이, 대포효.

"소용없다! 장씨 가문의 기린아!! 여기서 죽어라아아!!!

"싫거든!"

몸을 반쯤 던지면서 활을 잡고, 낙하하는 전통에서 화살을 하나만 뽑아── 쏘았다.

"우으으음!"

허를 찔린 적장의 왼손 장갑에 화살이 박혔다. 얕군!

『! 구엔 님!!!!!』

적 기병이 비명을 지르며 단숨에 돌진해온다. 선두는 입가를 귀신 같은 가면으로 가린 장수다.

나는 자세를 바로잡고, 그대로 문을 향해 전력으로 달렸다.

등 뒤에서 적랑의 노호.

"장척영!!!!!!!!!!!"

"미안하네! 승부는 다음에 내자고!!"

돌아보면서 구엔에게 한 마디 남기고, 나는 경양으로 들어섰다.

곧장 성문이 소리를 내며 닫혔다.

나는 부서진 검을 칼집에 넣고, 말에서 내려 숨을 내쉬었다.

"하아…… 하마터면 죽을뻔했네."

『큭!』

주위에 있던 신병들이 아연한 기색으로 나를 응시했다. 고참들은 만족스러운 기색이다.

조금이라도 사기가 올랐다면 좋지.

흑마의 머리를 쓰다듬고 있는데, 정파가 거의 날듯이 계단을 달려서 내려왔다.

"처, 척영 님! 무사하십니까?!"

"그래. 기회가 좋았어, 정파. 검이 부러졌다. 대신할 게 필요해."

백령의 머리끈을 풀고 있는데, 병사들이 와르르 몰려들었다.

"도련님!"

"이것을!!"

"그리 쉽게 부러지진 않을 겁니다."

"일단 튼튼합니다."

선두의 고참병이 검을 내밀었다.

표준적인 것보다 두껍고, 무겁다. 실전 사양의 물건이군.

"좋은데. 쓰도록 하지."

"아니, 영광입이다요."

기쁘게 표정을 풀고, 장년 남자가 한 손을 심장에 댔다.

보아하니, 다른 병사들도 차례차례 같은 동작. ……응?

"──장척영 님."

"?"

입 다물고 있던 정파가 입을 열어, 나를『장』이라는 성을 붙여 불렀다.

볼이 붉게 달아오르며 진심을 담아 말했다.

"지금까지 우리는 당신의 무재를 인정하면서도, 마음속 어디선가 얕보고 있었습니다.『어차피 더부살이』,『장씨 가문의 인간이면서, 무관이 아니라 문관을 지망하는 겁쟁이』라고. 그러나…… 그건 착각이었습니다. 경양 수비병 중에,『적랑』과 단기 승부를 할 수 있는 자는 누구 한 명 없습니다. 당신은 틀림없이── 장태람의 자제십니다."

정파와 모여든 천 명 이상의 병사들이 일제히 경례.

『우리들, 장척영 님과 함께 마지막의 마지막까지 싸울 것입니다! 무엇이든 명령하소서!!』

나는 눈을 크게 뜨고, 확실하게 떠올렸다.

──아아, 그랬었지.

나는 전생에서도, 이런 병사들과 함께 싸우기를 좋아했다.

묘하게 낯간지러워서, 검은 머리를 헝클어뜨리며 나는 검의 자루에 머리끈을 다시 묶었다.

"……바보 자식들. 그러나—— 고맙다. 이 싸움의 결판이 날 때까지 개죽음은 용납 못 한다! 의부님과 백령이 돌아올 때까지, 며칠이든 사수한다!!"

『예!!!!!!!!!!!!!!!!!!!!!!』

＊

"배, 백령 님?! 조하 공?!"

영 제국 수도—— 임경 북부. 장씨 가문의 저택 앞.

저녁 시간의 대로에서, 청소를 하고 있던 늙은 사용인의 비명이 울렸다.

닷새간 휴식 시간도 아껴가며 달린 애마의 목을 쓰다듬었다.

"……고마워."

중얼거리고, 파김치가 된 몸에 채찍질을 하며 내려서 질문한다.

"……아버님은 계신가요?"

"아, 네!"

황급히 밖으로 나온 다른 사용인에게 애마를 맡기고, 우리는 저택 안으로 나아갔다.

중간에 전령 사냥꾼의 적 기병을 몇 번인가 격퇴했는데도. 지친 기색을 드러내지 않는 조하도 뒤를 따랐다.

복도를 나아가── 안뜰로.

석조 지붕 아래, 군장 차림의 남성과 주황색 예복을 입은 긴 밤색 머리칼을 두 갈래로 묶은 소녀가 마주 앉아 있는 것이 보였다. 후방에는 길고 아름다운 흑발의 여성── 동방의 섬나라 출신이라는 시즈카 씨가 대기하고 있었다.

아버님과…… 왕명령?

의문을 품고 있는데, 아버님이 우리를 발견하고 눈을 크게 떴다. 곧장 일어서서 달려와주셨다.

"백령! 무슨 일이냐!!"

"아버님……."

나는 무슨 일이 있었는지 전하려다가── 따스하고 커다란 품에 안겨서 힘이 빠져버렸다.

아버님이 표정을 찌푸렸다.

"……아니, 척영이 너를 보냈다면── 이유는 하나밖에 없지. 아다이가 움직인 것이구나?"

"네. 이것을."

품에서 척영의 서간을 꺼내 건넸다.

아버님은 나를 조하에게 맡기고 재빨리 읽기 시작했다.

"──그래. 알았다."

표정에 전의가 차오르고, 【호국】장태람은, 어깨너머로 차를 마시고 있는 소녀에게 말했다.

"명령 공. 일부러 찾아와주었는데, 참으로 미안하게 됐소── 일이 국가 존망에 연관된 지라. 나는 경양으로 급히 가야 하오. 원정 식량 건은, 척영을 창구로 하여 계속 교섭하는 것이 어떤가?"

……이 소녀가 아버님과 거래를? 당주가 아니라? 다시 말해서, 그 정도까지 권한을 가졌다? 게다가 『원정』??

늙은 시종이 가져다준 의자에 앉았다. 당장이라도 쓰러질 것 같았다.

왕씨 가문의 소녀는 아버님의 제안을 듣고, 엄숙하게 동의했다.

"저희로서는 이견이 없습니다. 장 장군의 무운을 빌겠습니다──아니, 기껏 좋은 기회이니, 한 가지만."

"무엇인가?"

아버지의 패기를 받고서도 태연한 소녀가 명랑하게 웃었다.

그리고 양손을 마주 대고, 직접적인 요구를 말했다.

"척영 님 말입니다만── 제 남편으로 주실 수는 없을까요? 아버지와 어머니에겐 이미 허가를 받았습니다. 듣자니, 아직 정식으로 『장』씨 성을 받지 않으셨다고 합니다만……. 그렇다면, 귀가와 당가가 연을 맺으면 커다란 이가 있을 거라 생각하옵니다."

"무슨?! 다, 당신, 무슨 말을……."

"백령 님. 무리하시면 안됩니다."

그 순간 내 안에서 스스로도 놀랄 만큼의 격정이 일어나, 조하가 나를 말렸다.

……척영을, 남편으로? 농담이 아니고?

아버님이 팔짱을 끼고 물었다.

"흐음. 이유를 들어보지."

왕씨 가문의 소녀는 점점 더 깊은 웃음을 지었다.

뭔가 떠올리듯 허공을 올려다보고, 볼을 살며시 물들였다.

"간단한 것이옵니다. 그분이, 제 생명의 은인이기 때문이옵니다. 생명을 구해주신 것 이상의 은혜가 이 세상에 있을까요?"

척영은 수적에게 습격받고 있던 이 소녀를, 간발의 차이로 구했다고 한다.

분명히 『목숨을 구해주었다』라는 것은 커다란 일이지만, 그렇다고 해서…….

시선을 되돌리고, 소녀는 어른스러운 표정으로 아버님과 나를 보았다.

눈동자에는, 눈보라 같은 차가움.

"객관적으로 말씀드려── 이 나라는 대단히 번영하고 있습니다. 지금은 그 힘이, 과거 대하 이북을 차지하고 있던 때에도 필적하겠지요. 그렇지만 번영하고 있기에…… 내부는 썩어가고 있지요. 본래 당신께서는 더 일찍 최전선에 돌아가셨을 예정일 겁니다. 그럼에도, 아직까지 이 땅에 머무를 수밖에 없었지요. 그것은 『화의순종파』라는 심장 속의 벌레가 방해를 한 탓입니다. 그런 어리석은 자들과 언젠가 저의 척영님도 관여해야 합니다. ……솔직히 말씀드려서, 상상만 해도 참으로 불쾌하옵니다. 지난번에는 누명을 써 『도읍 추방 처분』을 받기까지 하셨다고 들었습니다. 게다가 수괴 중 한 명은 노재상 각하의 손자였다고 하지 않습니까? 저는, 그분이 제 **옆**에서 밝게 웃기를 바라고 있습니다."

"…………."

"……노재상……그때의……."

나는 척영에게 쌀떡을 전했을 때 마주친 사람을 떠올렸다.

영명하다 칭송받는 노재상 각하마저도, 식솔을 제어하지 못하고 있었다…….

소녀가 일어서서, 예복을 나부끼며 한 바퀴 돌더니 깊숙하게 고개를 숙였다.

"짐작하건대── 서간의 내용은『현 제국의 대규모 침공』인 것이지요?【서동】은 현의 군문에 들어선 것이군요? 이것으로, 우리나라는 두 방면으로 적을 맞게 되었습니다. 그렇지만 지난 3개월간 무위한 의논만 반복하고 있는 궁중에서, 정세를 진지하게 우려하는 자가 얼마나 있을 것이옵니까? 노재상 각하마저도 움직일 거라 생각하기엔 도저히……. 임경과 경양에서 그 나라와 장사가 명백하게 늘어난 것은 궁중에도 전해졌을 것입니다. 그중에【현】나라의 밀정이 있던 것도, 입수하기 어려운 물품이 대량으로 유입되는 기묘한 사례가 다발한 것도. 그렇지만, 직시하지 못했어요.『오랜 우방이 배신할 리가 없다』,『칠곡산맥과 백골사막은 기병이 답파할 수 없다』. 근거 없는 낙관주의뿐이죠. 이러한 상황에서── 최대의 병력을 가진 황제 폐하 직속의 금군이 투입되는 것은『경양이 함락되고, 임경에 위기가 닥칠 때까지 없다』라고 단언하겠습니다. 지금 당장 이 땅을 벗어나는 것이 최우선이겠지요. 결단을 하신다면, 필요한 배는 우리 가문이 모두 준비하겠습니다."

"……큭."

"…………당신은."

아버지는 소리 없이 신음하고, 나는 말을 잃었다.

나보다 키는 명백하게 작다. 용모도 가슴 말고는 어린애로 보인다.

그렇지만 이 소녀의 재능은 바닥을 알 수가 없었다.

……척영이 칭찬할 만하네. 의식적으로 머리끈을 만졌다.

아버님이, 문득, 숨을 내쉬었다.

"……소문은 들었지. 『왕씨 가문의 딸은 기린아』라 했어. 허나, 알 수가 없군. 어째서지? 어째서, 그 정도까지 후의를 보이는 건가? 우리들이 이긴다 해도, 얻을 수 있는 이익은 그렇게까지 크지 않을 텐데. 아는 것처럼── 궁중은 『화의순종파』가 우세하다."

분명히 그렇다. 돈벌이만 생각한다면, 전국이 불리해지는 편이 좋을 것이다.

긴급 시가 되면, 그만큼 물품의 가격이 오른다.

그러자, 소녀는 고개를 들고 사납게 웃음을 지었다.

"저는 상인의 딸. 평화로운 세상을 희망하고 있습니다. 전쟁은 돈벌이가 안 되니 싫지요. ──동시에 남역뿐 아니라, 북역, 그리고 주변국들과도 대대적으로 거래를 하고 싶습니다. 그리고, 언젠가는 천하의 대상인! 그런 야망을 위해서는 여러분께서 이겨주실 필요가 있사옵니다. 【현】나라나 다른 나라는 상인을 업신여기며, 【서동】은 교역이 융성하고 기술력도 눈여겨볼 여지가 있습니다만, 아무래도 『선낭이 국조』라고 자칭하는 별난 나라이니 믿기 어렵지요. 그리고…… 【영】이 순종할 경우, 그 은자를 준비하는 것은 결국 저희들이 되지 않겠습니까?"

"".............""

이치는 맞는다. 나보다도 연하인 소녀가 이 정도의 전망을 지니고 있다니.

하지만. 왕명령을 노려보았다.

"......알 수 없어요. 그렇다면, 어째서 척영을 바라는 건가요? 분명히, 그만한 재능은 있을 겁니다. 그러나── 타인을 압도할 정도는 아니죠. 당신의 야망이란 것에는 필요 없으리라 생각합니다. 다른 사람을 찾아보세요."

척영은 서류 작업이 서투르다. 무재와 비교하면 하늘과 땅 차이다.

이 소녀의 거창한 야망에 필요하다는 생각은 도저히 안 들었다.

그러자, 왕명령은 고개를 갸웃거리더니── 어조를 휘릭 바꾸어, 까르르 웃었다.

"네? 그야 빤하지 않사옵니까? 장백령 님★"

"......무슨 뜻이죠?"

"백령 님."

험악한 소리가 나와서, 조하가 왼쪽 소매를 잡았다. 시즈카 씨도 미안한 표정이었다.

......이럴 때야말로, 냉정해져야지.

내가 심호흡을 하자, 키가 작고 가슴이 풍만한 소녀는 즐거운 기색으로 몸을 흔들었다.

"연모하는 사내와 맺어져, 생애를 보내고 싶다── 그리 생각하는 것은 그토록이나 신기한 이야기가 아니라 생각합니다만? 척영 님은 참으로 멋진 분이니까요♪"

"무슨?!"

"호오."

"어머나아."

"……명령 아가씨."

나는 말을 잃고, 아버님은 수염을 매만지며 재미있다는 소리를 흘렸다.

격하게 동요하면서도, 간신히 대답했다.

"……다, 당신은 도저히 그를 다룰 수 없어요. 다시 한번 말합니다. 다른 사람을 찾으세요."

"네? 장 장군께서라면 모를까, 당신께 허가를 받을 필요가 어디에 있는 걸까요?"

머리가 끓어오른다.

……허가를 받을 필요가, 없다고?

척영과 계속 함께한 것은, 나인데?!

일어서서 왕명령 바로 앞에 나아가, 시선으로 부딪히며 말을 짜냈다.

"……있어요. 그, 왜냐하면, 나는, 나만이, 척영의……."

"전혀, 안 들립니다~♪"

"윽! 다, 당신……."

짝짝!

커다란 소리가 안뜰에 울려 퍼지고, 작은 새들이 일제히 날아올랐다. 아버님이 손뼉을 친 것이다.

둘이서 시선을 돌리자, 거창하게 헛기침.

"어흠── 두 사람, 그쯤 해두도록 하지. 이야기는 전쟁이 끝난 다음에 하라."

""……네.""

부끄러워져서, 소녀와 동시에 눈길을 피했다. ……결판은 전쟁이 끝난 뒤에.

아버님이 진지한 표정으로 물었다.

"명령 공. 내 수하는 3천 정도 되는데, 한 번에 경양까지 배로 옮길 수 있겠는가? 무구와 말도 함께야. 해로는, 아마도 아다이가 손을 써뒀을 테지."

구름떼같은 적군과 비교하면 불과 3천. 그러나── 그저 3천이 아니다.

수많은 전장에서 아버님과 함께 사서에 남는 활약을 해온 숙련병들이다.

적의 후방을 찌르면, 단숨에 전국을 바꿀 수도 있다.

소녀는 양손을 마주 대며 즐겁게 응답했다.

"맡겨 주세요. 이런 일도 있을까 하여! 이미 준비는 갖추어 두었습니다."

조금…… 아주 조금, 척영과 닮아서, 마음이 술렁거렸다.

나는 앞머리를 매만지면서, 불안요소를 지적했다.

"……분명히 배라면, 다수의 병사를 한꺼번에 옮길 수 있겠죠. 그렇지만 대운하를 쓴다 해도, 이 시기는 강한 북풍이 불고 있어요. 움직일 수 없는 것이 아닌가요?"

"그러나, 말과 도보로 이동하면 전장에 도착해도 제대로 싸울 수가 없다. 적은 『적랑』이 아니더냐?"

분명히 그렇다. 아무리 아버님이라도, 지친 상태에서 『사랑』 중 하나와 싸우면 고전을 면할 수 없다. 고민하는 우리들에게 외모 사기인 소녀가 유일하게 훌륭한 가슴을 쭉 폈다.

"물론 알고 있습니다! 낭군님…… 어흠. 척영 님과 저 왕명령이 고안한 배에 사각은 없사옵니다! 둘이서 차를 즐기던 중에, 함께 사이좋게 생각해낸 것이죠♪"

"……………………."

마음이 거칠어져서, 질투가 분출했다.

……치사해. 나도 밤에만이 아니라, 낮에도 매일 차를 마시고, 이것저것 이야기를 하고 싶다.

이 전쟁이 끝나면── 헉.

"……백령아?"

"백령 님?"

"……흐~응."

나는 제정신을 차리고, 붕붕 고개를 흔들었다.

아버님과 조하가 의문스러워하고, 시즈카 씨가 미소를 짓고 있었다.

……생각 이상으로 지쳐있구나. 지금 그건 잊어야지.

왕명령의 중얼거림은 무시!

아버님을 눈으로 포착하자, 자신의 가슴을 두드리셨다.

"그러면—— 움직이도록 하지. 백령, 나는 노재상 각하께 서간의 내용을 전하고 오마. 잠시 뒤에 만나자꾸나! 조하, 지쳐있을 텐데 미안하다만 동반하거라. 명령 공, 배를 부탁하지."

"예, 아버님."

"알겠사옵니다."

"맡겨 주세요!"

그렇게 말하고, 저택을 향해 걸어가다, 중간에 멈추셨다.

"아아…… 그리고, 말이다."

"?"

돌아보자, 함박웃음. 눈동자에 진심으로 자애가 보였다.

"용케, 경양에서 불과 닷새 만에 달려왔구나! 안심하거라! 척영을 버리진 않는다. 녀석은 내 아들이야. 누가 뭐래도 말이다."

"아버님……."

가슴이 벅차올라, 울 것 같아졌다.

장태람의 딸로서, 조금은 책무를 다한 것일까?

마음의 짐이 가벼워진 것을 느끼며—— 아버님이 가신 것을 확인하고, 나는 머리칼을 매만지고 있는 소녀에게 시선을 돌렸다.

"……뭘 꾸미고 있죠?"

"본심을 전했습니다만? 당신은 아닌 건가요?"

"…………."

단적인 대답. 그것에 거짓이 있는 것 같지는 않았다.

……그러면, 정말로 척영을?

"아아, 그랬었죠."

"?"

소녀가 탁자에 돌아가 길쭉한 천 주머니를 집었다. 입구를 풀어서 알맹이를 꺼냈다.

나온 것은——.

"이것은……?"

원탁 위에 꺼낸 것은 정밀한 세공이 되어 있는 쌍검. 순백과 칠흑의 칼집에 들어 있었다.

자루에 그려진 것은…… 별과 나무? 어린 시절, 척영이 그려준 것과 비슷한?

의자에 앉아서, 다리를 꼰 소녀가 찻잔에 차를 따랐다.

"황영봉이 휘두르고, 왕영풍에게 맡겨 천하를 다스린——【쌍성의 천검】입니다."

"무슨?!"

나는 믿을 수 없는 말에 말을 잃었다.

……천 년 전의 영웅이 사용하고, 이후의 권력자들이 혈안이 되어 찾아다닌 쌍검.

이게? 정말로? 어떻게 찾아냈지?

혼란에 빠져 있는데, 소녀가 찻잔을 들었다.

"……찾아내느라 고생했습니다. 너무나 너무나도…… 너무나도 고생했어요. 문헌을 닥치는 대로 조사하고, 마지막으로 가지고 있었다 전해지는 왕영풍의 발자취를 철저하게 추적하고, 서동

출신의 수상쩍은 자칭 선낭에게 고개를 숙이고, 그리고 드디어—— 그가 만년을 보냈다는, 서역 변경의 폐묘 안에서 발견했어요! 후후후…… 저는, 승부에 진 적이 없단 말이죠♪ 척영 님에게 전해주세요. 그리고 『약속, 지켜주시겠죠?』라고☆."

"……요전에, 척영에게 투차로 지지 않았던가요?"

불길한 예감을 느끼면서도, 왕씨 가문을 방문했을 때 광경을 떠올리고 지적했다.

그러자, 소녀는 노골적으로 동요하며 양팔을 붕붕 휘둘렀다.

"그, 그건 그냥 놀이니까요. 그래요! 제가 질 리가 없어요. 척영 님이 조금 이상한 것뿐입니다!"

이런 부분은 참 어린애 같다. 평소에도 이러면 좋을 텐데.

"……조금 이상하다, 라는 건 동의합니다. 그래서? 이 검, 쓸 수 있나요?"

"……글쎄요?"

"……당신."

쓸 수 없는 검에 의미 따위 없다. 척영이라면 틀림없이 그리 말한다.

소녀는 시선을 돌리고, 변명하듯 빠르게 말했다.

"저, 저도 검신을 보려고 했었답니다? 누가 뭐래도, 전승에 따르면 만들어진 지 천 년—— 자칭 선낭 말로는 『신화시대에 벼린 물건』, 『칼집도 마찬가지 시대의 것』이라고 하니까요. 하지만…… 도저히 뽑을 수가 없어요!"

"뽑을 수 없다?"

나는 찬찬히 쌍검을 보았다.

도저히 천 년 전의 검이라 생각하기 어려울 만큼 아름답다. 녹이 슨 것처럼 보이지도 않지만……

확인을 위해, 후방에 있는 시즈카 씨에게 눈길을 보냈다.

그러자, 흑발의 소녀가 작게 수긍했다. ……사실인가 보군.

왕명령이 포기한 태도였다.

"적어도, 우리 식솔들은 아무도 뽑지 못했어요. 전승에 따르면 【천검】을 뽑은 것은 황영봉과 왕영풍── 【쌍성】뿐이었다고 하지요."

"…………알았어요."

나는 천 주머니에 쌍검을 다시 넣고, 소녀에게 약속했다.

"이 쌍검은 반드시 척영에게 전하겠습니다."

그러자, 왕명령은 의심스럽게 나를 보았다. 속내를 캐는 어조.

"……괜찮으세요? 눈치채고 계시죠? 그러면, 저와 척영 님은……."

"지금은 화급한 때입니다. 아버님이 경양으로 돌아갈 배를 가진 것이 당신이라면……."

사심은 제쳐둔다.

그렇게 말하려 했지만, 말이 안 나왔다. ……지친 거야. 분명 그런 거다.

소녀는 나를 바라보고, 한쪽 눈을 감았다.

"후~응. ……뭐, 상관없지만요~. 어차피 이기는 건 저니까요. ──배의 준비가 될 때까지 시간이 걸립니다. 입욕을 하고, 식사!

그다음에는 조금 주무시죠. 피로는 모든 것의 적이니까요? 장백령 님."

*

"그래…… 또다시, 놈에게………… 장씨 가문의 애송이가 막아냈는가."

"……예. 죄송합니다, 구엔 장군."

경양의 서방, 적창기 본영.

우리가 난공불락의 성채도시에 공격을 개시한 지 벌써 열흘이 지났다. 지금쯤 병사들은 죽은 듯이 잠들어, 낮의 피로를 조금이라도 회복하고 있을 것이다.

나와 장수들에게 전황을 보고한 젊은 참모는 몸을 떨면서 말을 토해냈다.

"그자는…… 장척영은 인간이라 생각하기 어렵습니다. 동서남북, 밤낮을 가리지 않고 어디든지 나타나, 화살을 쏘고, 검을 휘두릅니다. 지시하신 대로, 지휘관들은 낮에는 철저히 방패 뒤에서 지휘하도록 하고, 야간에는 화톳불 곁에 서지 않는 것 또한 철저히 하고 있습니다만…… 다수의 사상자가 나왔습니다. 병사 중에는 『황불패』의 전생이다, 라는 소문도 퍼지고 있습니다."

"범의 자식은 어려도 범인가……. 나도 일개 병사였다면 그리 생각했을지도 모른다. 사전의 첩보 활동으로, 적군의 병사 수와 배치까지 파악하고 있으면서, 함락시킬 수가 없다니……."

거의 치유된 왼팔을 움직이면서, 나는 말했다.

──고작 한 명.

그러나, 그 한 명이 적의 사기를 고무하며 아군의 사기를 내리고 있다.

초전에서 내가 꼴사납게 부상을 입지만 않았다면!

곧장, 장작이 타닥타닥 소리를 내며 부서졌다. 초여름이라지만 밤은 아직 쌀쌀하다.

나는 장씨 가문의 애송이에 대한 분노를 억누르고, 참모에게 확인했다.

"……손해는?"

"다행히 사망자는 그리 많지 않습니다. 그렇지만…… 부상자가 기이하게 많아, 지혈에 쓰는 천, 상처에 쓸 약이 부족해지고 있습니다. 또한, 후송하기 위한 병력도 필요해 집니다."

"시간을 벌 셈인가. ……이 꺼림칙한 애송이!"

탁자 위에 올려둔 말을 오른손으로 쓸었다.

본래는 경양을 진작에 함락했어야 했다.

그러나 적은 첫날의 단기 승부 이후로 굳게 문을 닫고, 적은 병력으로도 무시무시한 전의를 불태우며 계속 저항하고 있었다. 이대로는…… 나는 서간에 눈길을 내리고 표정을 찡그렸다.

잠이 부족한 것이리라. 피로의 색이 짙은 참모가 공포를 떠올리면서 물었다.

"황제 폐하께서는, 무어라……?"

볼을 왼손으로 누르고, 나는 서간을 탁자에 두었다.

"『경양에 요격할 병력을 두고, 남은 전군으로 대하 남쪽 기슭을 치라』. 그리고 위무의 말씀이다."

『…………』

장수들과 참모들이 심각한 표정으로 입을 다물었다. 알고 있는 것이다. 폐하의 판단이 옳다.

설령 경양을 함락시키지 못해도…… 【서동】을 산하에 둔 이상 우리들은 북방과 서방에 침공로를 얻은 것과 마찬가지. 전략적으로는 이기고 있다.

이것은 3년 전에 『대삼림과 칠곡산맥을 군으로 답파. 【서동】을 일격으로 굴복시키고, 경양을 강습한다』라는, 나와 내 벗의 의견을 받아주신 아다이 폐하의 마음 씀씀이 덕이다.

그러나, 적은 불과 3천도 안 된다. 아군은 3만이 넘는다!

도시 하나마저도 단독으로 함락하지 못해서는, 나와, 우리들의 무명이 땅에 떨어진다.

그러한 치욕…… 이번 대원정에서 목숨을 잃은 부하들에게 어찌 전한단 말인가!!

모두의 얼굴에도 각오가 서려 있었다. 나와 같은 마음인 것이다.

귀신 가면으로 입가를 가린 부장이 입을 열었다.

"어찌할까요……? 역시, 손해를 돌보지 않고 총공세를?"

"아니."

고개를 흔들고, 불꽃을 보았다.

……나는 장씨 가문의 애송이를 내 손으로 치고자, 폐하께 보고를 **게을리했다.** 이겨야 한다.

"경양의 성벽은 정보 이상으로 단단하고, 적병의 사기가 높다. 종래의 공성 병기로는 함락시킬 수 없을 것이야. 병량으로 압박하기에는 시간이 부족하며, 병사를 더 이상 잃으면, 폐하의 노여움도 살 것이다."

부하들의 얼굴을 보았다.

다들, 대삼림과 칠곡산맥을 함께 넘어온 무엇과도 바꾸기 어려운 전우들이다.

……시시한 오기로 전우들에게 치욕을 안길 수는 없지.

나는 묵직하게 결단을 내렸다.

"그것을 쓴다. 돌입부대에 중갑과 투구 장비를 엄명하라."

『………….』

모두 한결같이 입을 다물고 고개를 숙이고 있었다.

【서동】에서 접수한 신병기의 무시무시한 위력은 안다. 가죽 갑옷보다도 훨씬 방어력이 뛰어난 금속제 갑옷과 투구를 보았다. 훈련은 충분히 받았다 해도…… 우리들은 『적창기』.

속도를 내세운 기병 돌격이야말로 진면모. 그것으로 강적, 난적을 쓰러뜨려 왔다.

──이국의 신병기를 투입하고 중갑을 입다니, 우리들의 명예

를 더럽히는 것이 아닌가?

마음속에 끓어오른 자신에 대한 의문을 억눌렀다.

탁상을 손으로 두드리고, 나는 이를 악물었다.

"……우리들은 이겨야 한다. 설령, 무인으로서 본의가 아니더라도 지는 것보다는 훨씬 나은 법. 시간을 들이면 도읍에 발이 묶여 있는 장태람도, 놈들의 도읍에서 돌아올지 모른다. ──내일 아침 경양을 함락한다! 장척영의 목을 치고, 장태람의 딸 말고는 몰살하라!!!"

『──예!』

일제히 답하고, 모두 천막을 나섰다.

혼자 남아서, 나는 불꽃의 그림자에 흔들리는 붉은 중갑을 보았다.

"……범의 자식은 범. 분명히 그런 것이리라. 그러나…… 지나치게 강하다. 놈은 대체 정체가 무엇인가……?"

대답하는 자가 없고, 마지막 장작이 소리를 내며 무너졌다.

*

농성전 열흘째 동틀 녘.

경양 북부에 있는 장씨 가문 저택에서 잠시 수면을 취하고 있던 나는, 이 세상이 끝장나는 것 같은 파괴음과 지면의 흔들림에 퍼뜩 깨어났다. 전생에서도 이번 생에서도 들어본 적이 없는 굉음이다.

머리맡의 검을 손에 집자── 또다시 어마어마한 파괴음.

지면도 크게 흔들리고, 비명과 노호. 긴급사태를 알리는 종소리가 도시 전체에 울려 퍼졌다.

동시에, 몸의 일부를 잃은 것 같은 불길한 감각.

"설마……."

내가 신음하고 있는데, 땀투성이 정파가 방으로 뛰어들어왔다.

"처, 척영 님! 서문이, 서문이 뚫렸습니다!! 현재, 필사적으로 방어하고 있습니다만, 거대한 방패와 금속제 갑옷을 입은 적병의 전진이 멈추지 않습니다!!!!!"

"! ……그래."

본래 무모한 싸움이었다.

『적창기』는 공성전이 서투른 모양이라, 병사들의 분투도 있어서 오늘까지 버텼지만, 기어이 한계가 와버렸군.

세 번, 네 번, 다섯 번── 셀 수 없을 정도의 굉음.

시야를 스치며, 새빨갛게 타오르는 둥근 공이 공중을 날아가 사라졌다.

어렴풋한 전생의 기억과 도읍에서 읽은 갖가지 서책, 명령과 이야기한 내용을 필사적으로 돌이켜 보았다.

……기이할 정도로 새된 소리와 둥근 공을 보니, 아마도 초대형의 투석기.

【서동】이 극비리에 개발했다는 신병기인가?

검을 허리에 차고, 조금이라도 몸을 가볍게 하기 위해서 경갑을 벗어 던졌다.

피와 먼지로 지저분한 청년에게 명령.

"정파! 병사를 가능한 모아서, 남아 있는 주민과 함께 남문으로 탈출해라. 서문의 부대에게는 내가 뒤따르도록 지시를 내리지."

"무슨?! 처, 척영 님은 어찌하실 겁니까!"

활을 손에 들고 전통을 멨다. 칼자루의 머리끈이 눈에 들어오자, 백령의 우는 얼굴이 뇌리를 스쳤다.

······그 녀석, 화내겠지. 눈을 감고, 잘라 말했다.

"공세에는 선두. 후퇴할 때는 최후미── 장씨 가문의 전통이야. 가라! 시간을 낭비하지 마!!"

"큭! 윽, 예!!"

정파는 내 각오를 짐작하고 주먹을 심장에 댔다. 어깨를 두드리고 복도를 나아갔다.

적의 공격이 이어지고, 땅의 흔들림은 진정되지 않는다.

"척영 님······ 무운을 빕니다!"

정파의 비통한 목소리를 등 뒤로 들으며, 나는 왼손을 들었다.

"남문으로 가라!"

흑마를 타고 달리면서, 동요하고 있는 병사들에게 지시를 내렸다.

가까운 건물에 새빨간 그림자가 박히더니, 꽝음. 불꽃이 퍼졌다. 한 손으로 흙먼지를 막으면서, 나는 신음했다.

"······터무니없군."

익숙한 건물과 수목이 부서지고, 달아오른 금속제 구에 화염이 퍼지는 거리를 달려── 서문 근처에 도착.

그렇게나 굳건히 적의 공격을 버텨낸 거대한 성문에 커다란 구멍이 뚫렸고, 차례차례 대형 방패를 든 적의 중장보병이 침입하고 있었다. 장비는 모두 적색이다. ……수단을 가리지 않는군.

피투성이 병사들이 나를 발견했다.

"도련님!"

"척영 님!"

"문이! 적이!"

나는 메고 있던 활을 잡아, 화살을 메기고── 쏘았다.

『!』

정확히 노린 곳으로 날아가, 최전선에서 지휘를 하고 있던 적 기병의 이마를 꿰뚫었다.

적과 아군을 가리지 않고 술렁거리는 가운데, 나는 큰 소리로 지시를 내렸다.

"움직일 수 있는 자는 남문으로 물러나 정파의 지휘를 따르라! 최후미는 내가 맡는다!!"

『큭?!』

아군이 경악하고, 나를 빤히 바라보았다.

화살을 속사하여, 대형 방패 틈으로 숨어 있는 적 전선 지휘관들을 위협했다.

"항변은 안 받는다. 다들 오늘까지 정말로 잘 싸워주었다. 전공은 서한에 적어뒀으니 안심해라. 가라!!!!!"

『…………예.』

역전의 고참병들, 이번이 첫 출진인 신병과 지원병.

거의 모두가 눈물을 흘리며 적군에게 필사적으로 반격하고, 조금씩 물러섰다.

내 말을 듣고, 금속제 갑옷을 입은 적 기병 한 명이 창끝을 겨누었다.

"장척영!!!!!"

적병 사이에서 긴장과 공포가 흘렀다. 지난 며칠 사이에 나도 꽤 유명해졌군.

그리고 보니—— 전생에서도 분명 첫 출진이 농성전이었다.

화려한 붉은 투구를 쓴, 지휘관으로 보이는 중년 남자가 검을 겨누었다.

"놈을 쳐라! 치면—— 이번 전투에서 최대의 공이 되리라!!"

"——미안하지만."

활을 한계까지 당기고—— 쏘았다. 곧장 현이 한계를 넘어 끊어졌다.

"! 크악…………."

『!』

마지막 화살은 중갑과 함께 심장을 꿰뚫어, 적장을 절명시켰다. 끊어진 활과 전통은 차갑게 일별.

"너를 상대할 틈이 없어. ……어디."

검을 단숨에 뽑아, 아연실색한 적병을 위압했다.

"죽고 싶은 놈부터 상대해주마—— 덤벼봐!"

『~~~~~윽!』

적병의 전의가 흐트러지고, 대열이 격하게 무너졌다.

──기회다.

나는 말을 단숨에 몰아서, 적병을 내몰며 문밖으로 나갔다.

둥근 투구의 적장이 근처에서 지휘봉을 휘두르며, 필사적으로 병사를 통솔하고자 했다.

말이 내 의사를 짐작하고 더욱 속도를 높였다. 점점 적장과 가까워진다.

"네놈들, 뭘 하고 있나! 돌아가라, 돌아가지 못하나! 문은 이미 파괴했다. 이제는 돌입하여, 짓밟기만 하면──?!"

반응조차 못 하는 사이 목을 베어 날리고 질주. 검의 피를 떨쳐 내며 중얼거렸다.

"이걸로 두 명째. 구엔은──."

적의 총대장을 발견하기 전에, 긴 도끼를 든 대머리의 장수가 포효하며 돌격해왔다.

"오오오오오!!!!!!"

"큭!"

무거운 일격을 반사적으로 받아 흘리고, 거리를 벌렸다.

적장이 머리 위에서 긴 도끼를 돌리며 외쳤다.

"장척영! 그 목, 받아가마!!!!!"

재기가 빠르군.

나는 단기. 적병이 혼란을 회복하여…… 둘러싸이면 죽는다.

하지만, 남문의 아군이 탈출할 때까지 버틸 필요가 있다.

그걸 위해서는 구엔을 치는 수밖에── 적장의 말이 달리고,

바람을 가르는 소리와 함께 다가오는 긴 도끼의 일격을 간신히 피했다.

"왜 그러나! 그 정도인가!!"

조롱을 무시하고, 적의 전열을 살피며 눈을 가늘게 떴다.

──보였다.

작은 언덕에 한층 커다란 『붉은 늑대』의 군기.

틀림없이, 구엔은 저기 있다!

"죽어라아아아아앗!!!!!"

"시끄러워! 방해된다!!"

장대한 도끼를 휘두르기 전에, 중갑의 틈으로 일섬.

"! ……말도, 안…… 괴, 물…………."

적장이 눈을 한계까지 부릅뜨고 토혈을 하더니, 풀썩 낙마했다.

전투에 개입하려던 적병의 눈동자에 공포. 겨누고 있는 창의 끝이 떨리고 있었다.

나는 작게 중얼거렸다.

"……이걸로 세 명."

전장의 혼란을 틈타 말을 몰아 달리는데, 거대한 목조 구조물이 눈에 들어왔다.

겉으로 보기엔 엄니가 넷 달린 코끼리처럼 생겼다. 그리고, 이 짐승이 있는 곳은…….

"역시, 【서동】의 투석기로군. 벌써 이 정도로 협력을 한 건가."

방금 도시 안으로 진군해온 적병의 갑옷은 현 제국의 것과는 다르게 금속제였다.

이국의 병기라 해도, 유용하면 도입한다.

현 제국 황제 【백귀】아다이 다다…… 무시무시하군.

"쏴라!!!!! 놈을 장군 곁에 절대 보내지 마라!!!!!"

공황 상태에 빠져 있던 병사가 모인다. 젊은 장수가 지휘봉을 휘두르자, 지금까지의 행운을 몰수하듯 무수한 화살이 나를 노렸다.

검을 휘둘러 쳐내서 막았다.

"칫!"

혀를 차면서, 적병을 향해 돌진.

아군이 맞는 것을 두려워하여 화살이 쏟아지지는 않게 되었지만── 말이 급정지.

눈앞을 막아선 것은, 입가를 귀신 가면으로 가리고 말에도 붉은 가죽 갑옷을 입힌 적장이었다. 손에는 고풍스런 대검을 들고 있었다.

"설마, 단기로 여기까지 오다니……. 첫 전투에서 내 의형의 왼팔을 자르고, 병사들이 【황불패】의 전생이라고 말할 만하군. 그러나!"

스치면서 강렬한 일격을 비껴내자, 지면에 방치되어 있던 철 방패가 양단되었다.

제대로 받으면, 도저히 검이 버틸 수 없다.

적장의 준마가 내 뒤를 따라왔다.

"구엔 님 곁으로는 못 간다! 우리들은『적랑』이 이끄는『적창기』! 지금까지 너 같은 젊은 범을 수도 없이 쳤다. 이번에도 마찬가지!!!!!"

말이 거칠게 숨을 쉬면서, 속도가 떨어졌다.

……하는 수밖에, 없어.

각오를 굳히고 반전. 맞서 싸운다.

"오오오오오!!!!! 장척영, 각오하라!!!!!"

적장이 열화 같은 기합을 지르며, 대검을 대상단에 겨누고 내리친──.

"크헉?! ……이토록, 빠르다니. 서, 설마, 정말로…………."

"부장 나리!"

찰나의 번득임. 내 검의 일섬으로 양단된 오른팔과 대검이 하늘로 날아갔다.

적장이 당황하며, 격통을 견디지 못하고 낙마. 적의 젊은 지휘관이 비명을 지르고, 전열에 동요가 흘렀다.

"……네 명!"

피에 젖고 날이 격하게 빠진 검을 보면서, 나는 그 틈에 작은 언덕으로 말을 달렸다.

단시간에 자신들의 지휘관을 차례차례 잃고, 통솔이 혼란에 빠진 적병들 가운데로 나아가── 드디어, 언덕을 올랐다.

말이 지쳐서 쓰러졌다.

나는 곧장 뛰어내렸다.

"……고마워. 잘 들어라. 절대 죽지 마라?"

목을 쓰다듬어주고── 붉게 물든 금속제 갑옷을 입고, 왼쪽 볼에 상처 자국이 있는 적의 총대장과 마주 보았다.

거대한 반월 날이 요사스레 빛나는 방천극을 손에 든 구엔이 입술을 일그러뜨리며, 묵직하게 한마디.

"──왔는가, 범의 자식."

대답 대신 검을 휘둘러 피를 떨쳐내고, 겨누었다.

적병들이 주위에 전열을 짜고 있었다. 퇴로는 없다.

구엔은 철 투구의 무게를 개의치 않고, 방천극을 오른손으로만
휘두르며 물었다.

"내 부하를 꽤 많이 친 모양이군."

"……미안하네."

담담한 대화.

짙은 피 냄새와 함께, 아주 약간── 새로운 흙냄새.

……아니겠지. 온다고 해도 이건 너무 빨라.

나는 자신이 생각하는 것 이상으로 백령을 기다린 모양이다.

구엔이 침통한 표정으로 고개를 저었다.

"내가 망설인 탓이다……. 그저, 네놈들을 죽일 거라면."

극으로 거대한 투석기를 가리켰다. 후방에는 가공된 금속제 거
대한 구슬이 여러 개.

"처음부터 저 흉흉한 병기로 모든 것을 파괴하면 되었을 것을.
그러지 않은 것은…… 내가 네놈의 역량을 잘못 보아, 결판내기
를 고집한 탓이지. 그 어리석음으로, 부하들이 죽었다. ……고개
를 들 수가 없군."

구엔의 눈동자에 어마어마한 격정이 깃들었다. 극을 천천히 양
손으로 쥐었다.

"그러나── 이제 망설임은 없다. 장척영. 네놈을 치고, 모든

것을 끝내마!"

""간다!!""

동시에 외치고, 거리를 단숨에 좁혔다. 둘 사이에 불똥이 흩어졌다.

연전 탓이리라. 몸이 무겁고, 조금씩 확실하게 밀리고 있었다.

날카롭고 격렬한 연속 공격을 모두 비껴내지 못하고, 좌우의 팔과 몸 여기저기에서 출혈. 더욱 움직임이 둔해진다.

"왜 그러나! 무엇을 하나!! 움직임이 둔하다!! 그것이, 네놈의 힘이냐!!!"

검이 삐걱대며 비명을 지르고, 선혈이 자루로 흘러 백령의 머리끈을 더럽힌다.

구엔이 짐승처럼 포효했다.

"하아아아아아아!!!!!!!!!!"

극의 가로 베기를 앉아서 피하고, 갑옷과 갑옷 틈을 노려 전력 찌르기.

──불길한 감촉과 단말마 같은 금속음.

"아깝구나."

"윽! 크윽!'

구엔이 몸을 순식간에 움직여 몸통 갑옷으로 받아낸 탓에, 검이 반쯤에서 부러졌다.

거기에, 구엔의 반격에 나 자신도 땅에 때려 박혔다. 격통.

검신은 나보다 늦게 땅에 박혔다. 왼손도⋯⋯ 부러졌군.

붉은 늑대가 극을 겨누고, 승리를 뽐냈다.

"그러나, 이제 끝이다!"

"…………."

나는 오른손으로 단검 자루를 쥐고, 입을 다물었다.

남쪽에서 부는 바람에 새로운 흙냄새가 다가온다.

구엔이 눈을 가늘게 뜨고, 순수한 칭찬.

"장척영. 너는 참으로 무시무시한 사내였다. 아마도…… 아니 틀림없이. 몇 년 뒤에는 장태람을 넘어, 우리들에게 최대의 적이 되었을 것이야. 그 발톱과 송곳니는, 아다이 폐하께도 닿을지 모른다."

"…………."

희미하게…… 희미하게 말이 달리는 소리가 들린다.

한두 기가 아니야. 백…… 아니, 그 이상이다. 남풍이 불기 시작했다.

소리를 내면서 극을 회전시키고, 구엔이 차갑게 고했다.

"그렇기에! 확실하게 지금 여기서 내가 죽인다. 네놈은 너무나 위험하다! 살려두면 수많은 자가 그 칼날에 쓰러지리라. ……하다못해 자비를 베풀지. 네 여동생도 금방 뒤를 따르게 해주마."

"……하.『적랑』님은 참 다정하시군."

나는 일어서서, 손의 피를 닦았다.

구엔이 의문스러운 표정을 지었다.

"……무슨 속셈── 음!"

전장에 갑자기 종소리가 울려 퍼졌다.

그리고 남방의 언덕 뒤에서 다수의 기병이 적진으로 돌격했다.

나부끼는 군기에 그려진 것은──【장(張)】.

의부님이 직접 통솔하는 고참 친위대다!

구엔이 주위를 둘러보고 격렬하게 이를 갈았다.

"마, 말도 안 된다…… 장태람이라 해도, 너무나 빠르다! 벌써, 임경에서 돌아왔다는 것인가?! 밀정의 정보는──."

말의 울음소리와 함께 주위의 적 전열이 일부 날아가 버렸다. 화살을 막기 위한 방패가 하늘로 날아갔다.

나는 오른손의 악력을 확인하고── 씨익 웃었다.

"무슨 속셈이냐고? 너에게,『적랑』구엔에게 이길 셈이다── 백령!!!!!"

"네!"

"?!"

맨 먼저 언덕을 달려 올라와, 적 전열을 돌파해낸 백마에 탄 은발 미소녀가 구엔을 향해 화살을 쏘았다. 나와 같은 생각이겠지. 기동성을 올리기 위해 경갑을 입지 않았다.

허를 찔렸지만── 과연『적랑』.

"얕보지 마라아아아아아아!!!!!!!!!!"

이마에 혈관이 떠오르면서, 차례차례 튕겨냈다.

그동안에도 아군 기병이 적군의 옆구리를 파헤치고, 차례차례 쓰러뜨렸다.

구엔이 눈을 부릅뜨고, 부들부들 분노로 몸을 떨며 호통을 쳤다.

"네놈들! 어떠한 마술을 부린 것이냐!!!!!"

"마술이 아닙니다. 기술이죠."

백마가 내 곁에 도착했다. 곧장 지면에 내려선 은발 미소녀가 나에게 길쭉한 천 주머니를 건네더니, 분노한 구엔에게 활을 속사. 그의 발을 억지로 붙들면서 외쳤다.

"왕씨 가문의 딸이 보낸 겁니다!"

"명령이?"

의문스럽게 생각하면서 끈을 풀려다가── 백령에게 부탁했다.

"미안. 왼손이 안 움직여."

"윽……."

한순간 괴로운 표정을 지으면서도 구엔에게 화살을 쏘고, 소녀가 순식간에 끈을 풀었다.

내용물을 본 나는 숨을 삼켰다.

흑과 백의 쌍검. 내 애검이며, 맹우에게 맡긴【천검】.

경악하면서도, 검은 검──【흑성】을 잡고, 이름을 불렀다.

"백령!"

"뭔가요── 맡겨둬요!"

내 눈빛만 보고 모든 걸 파악한 은발 소녀가 곧장 활을 버리고 하얀 검──【백성】을 손에 잡았다.

분노로 얼굴이 붉게 물든 구엔이 대포효.

"이노옴, 약삭빠른 짓을 하다니!!!!!"

나는 그리운 애검의 자루를 쥐고, 조금 불안해 보이는 소녀의

이름을 불렀다.

"백령, 괜찮아?"

"──당연, 하죠."

둘이서 고개를 끄덕이고, 구엔을 향해서 검을 뽑지 않은 채 좌우에서 돌진.

맹장은 방천극을 대회전시키며, 노호.

"얄은 생각이다! 둘이서 덤빈다면 나를 쓰러뜨릴 수 있다고 생각했는가!! 죽어라아앗!!!"

"백령!!!!!."

"척영!!!!!"

동시에 외치고, 구엔이 전력으로 휩쓰는 공격을 간발의 차이로 피했다.

우리는 단숨에── 발검!

칠흑과 순백의 참격이 교차. 강철제의 갑옷과 함께 붉은 늑대를 베어냈다.

맹장의 입에서 선혈이 흐른다. 극이 땅에 박히고, 투구도 지면에 떨어졌다.

눈동자를 크게 부릅뜨고 경악.

"강철의 갑옷을 베는, 칠흑과 순백의, 검…… 설, 마……【쌍성의 천검】…… 쿨럭."

직후, 현 나라의 『적랑』은 지면에 천천히 무너졌다.

나는 마지막 기력으로 사자후를 질렀다.

"적군 총대장『적랑』—— 장척영과 장백령이 무찔렀다!!!!!!!!!!"

전장 전체에 환성과 비명, 노호가 교차했다.

적의 대열이 무너지고, 군기도 차례차례 쓰러지고, 대부분 북으로 북으로 패주했다.

……서쪽으로 도망치지 않으면, 례엄에게 잡힐 것이다.

그러나, 그런 판단을 내릴 장수가 이제 남아 있지 않은 것이다.

나는 연민을 느끼면서도, 칠흑의 검을 칼집에 간신히 넣고 그자리에 주저앉았다.

"…………후우."

어느샌가 주위에 아군 기병이 겹겹이 모여서 우리를 호위하고 있었다.

그들이 보내는 시선의 대부분은 찬탄과 경외다. ……나중에 귀찮겠군.

"응?"

위화감을 느끼고 북쪽 언덕을 보았다. 이상한 시선이 느껴졌는데…… 기분 탓인가?

아군에게 지시를 내리고 있던 백령이 검을 칼집에 넣고, 백마에 묶어둔 배낭에서 죽통을 꺼내 내 왼팔에 물을 뿌렸다.

격통에 얼굴을 찡그렸다.

"~~~~~~~~~~윽!!!!!"

"……움직이지 말아요. 할 말은요?"

"꽤나…… 빨리, 왔네. 어떻게 한 거야?"

임경에서 경양까지는 아무리 좋은 말이라도 이레는 걸린다.

범선으로 대운하를 거스르기 위해서는 바람이 필요한데, 방금 전까지 강한 북풍이었다.

옆에 앉은 백령이 불만스러운 표정을 지었다.

"……아니잖아요? 자, 다시 한번 말해봐요."

나는 볼을 긁적이고, 순순히 고개를 숙였다.

"고, 고마워. 덕분에 살았다."

"잘했어요."

만족스럽게 고개를 끄덕이고, 소녀는 내 왼팔에 천을 대고 묶었다. 피가 스며 나온다.

언덕 아래서 아군이 승리의 함성을 지르는 게 들린다. 나는 조용히 중얼거렸다.

"이겼, 군."

"──네."

백령이 내 지저분한 볼을 천으로 닦고, 진심으로 기쁜 미소를 지었다.

"당신이 승리로 이끌었어요. 자칭 문관 지망의 더부살이가."

"……나한테 안 어울려……. 전부 의부님이랑 너한테 떠넘기고── 우음."

『월영』이 내 볼을 핥으며 탓하듯이 울었다. 거창한 동작으로 한탄했다.

"너까지 날 탓하냐……? 내 아군은 대체 어디 있는 것이더냐?!"

"바보네요. 눈앞에 있잖아요? 태반은 적이지만, 자, 이거요. 지금 돌려줄게요."

"응?"

백령이 칼집에 든【백성】을 내밀었다.

나는 대답하려다가——

"……오?"

"꺄."

백령에게 기대버렸다. 위험해…… 의식이………….

"가, 갑자기 뭐하는 건가요! 저, 저한테도 마음의 준비라는 게 있으니까, 미리 말을 해—— 척영? 척영?! 누가! 누가 와봐요!!!! 척영이!!!!!"

아아~ 그렇게 울지 마…… 괜찮, 으니까…….

소꿉친구 소녀가 흐트러지는 목소리를 들으면서, 나는 기어이 의식을 놓았다.

종장

『이봐—— 이제 그만 가르쳐줘. 어째서, 영풍에게 검 한 자루를 주면 안 되는데? 나는 딱히 【흑성】만 있어도 괜찮거든?』

『응? 뭐냐, 영봉. 모르고 있었냐?』

——꿈을 꾸었다. 아주 그리운 꿈을.

황 제국 궁전 가장 깊은 곳. 황제의 침소. 초대 황제가 병으로 쓰러져 문안을 갔을 때다.

깡마른 벗의 얼굴이 쓴웃음을 지었다.

『……영풍은 말이다. 옛날부터 계속 너를 질투하고 있어. 첫 출진이 늦은 것도, 네가 전장에서 무용을 휘둘러 병사들이 따르는 것도. 그럴 필요가 요만큼도 없는데 말이다. 그래서, 무슨 일이 있어도 너에게만큼은 고개를 숙이지 못해. 그래서는, 그 녀석이 아무리 시간이 지나도 성장 못 하잖아?』

『……나한테 질투라.』

나는 쌍검의 칼집을 만지고, 표정을 찡그렸다.

한쪽은 천하의 대승상.
한쪽은 범백의 대장군.

무슨 질투를 한다는 건지. 초대 황제의 웃음이 더욱 짙어졌다.

『……영봉. 너는 너대로 있으면 돼. 내가 죽은 다음, 만약 영풍이 너에게 고개를 숙일 때가 오면 도와줘라.』

『안 숙여도 도울 거야. 오랜 친구잖아.』

침실에 고통스러워 보이는 웃음소리가 가득했다.

내 벗은 여러 번 고개를 끄덕였다.

『아아…… 그래서, 그래서지. 막역지우여. 너는 옛날부터, 일체 손익을 안 따지고 나랑 영풍을 도와주었어. 세상 사람들은 우리들을 칭송하고, 너를 마음속 한구석에서 얕보고 있지만…… 진정한 영걸은 너지. 황영봉. 그러니까 나는…… 머나먼 신들의 시대. 하늘에서 내려온 별을 이용해, 전지(全知)의 현자가 난세를 우려하여 벼린 쌍검을 너에게──.』

*

"응………."

의식이 천천히 각성했다.

흐릿한 등불의 불꽃. 둥근 창밖에는 구름에 가린 커다란 달.

분명히 전쟁은 이른 아침에 시작되어, 그리고── 나는 상반신을 일으켜 주위를 둘러보았다.

"여기는……."

아무래도 장씨 가문 저택의 내 방인 것 같다. 파괴되는 건 어찌

어찌 면했군.

내가 입고 있는 것도 군장이 아니라 옅은 남색의 잠옷. 왼팔에는 붕대가 여러 겹으로 감겨 있었다.

"어머? 깨어났나요?"

"……백령."

은발의 미소녀가 쟁반을 들고 방에 들어왔다. 머리를 풀고, 옅은 파란색 홑옷을 입고 있었다.

침대에서 나가려는데, 날카로운 질책.

"움직이지 말아요!"

"……네."

슬금슬금 물러나서, 나는 행동을 정지했다. 가까이에 현이 끊어진 내 활도 세워두었다. 회수해줬구나.

침대 옆의 둥근 탁상에 쟁반을 두고 의자에 앉은 소녀에게 질문했다.

"전황은 어떻게 됐어?"

"일부는 서방으로 도망쳤습니다만, 태반은 대하로 떨어졌습니다. 대하 북쪽 기슭에 포진해 있던 황제가 이끄는 적 주력도 물러났다고 해요. 아버님은 【서동】으로 정찰을 보내셨습니다."

"그래."

의부님은 구엔을 잃은 적군을 가차 없이 대하로 몰아내서 섬멸한 모양이군.

백령이 쌀떡의 죽피를 벗기기 시작했다. 이제 막 쪘는지 김이 피어올라서 맛있어 보인다. 내가 공복이라는 것을 자각하자 배가 울렸다.

키득. 표정을 풀고, 소녀가 쌀떡을 내밀었다.

"자요. 먹을 수 있나요?"

"괜찮아── 아우으윽!"

왼팔을 뻗으려다가 나는 비명을 질렀다. 백령이 담담하게 알려주었다.

"부러지진 않았어요. 다만, 당분간 움직이는 건 금지입니다. ──자, 들어요."

"? ……저~기, 백령 씨?"

입가에 내민 쌀떡을 보고, 나는 당혹했다.

소녀가 희미하게 볼을 물들이고, 빠르게 말했다.

"어쩔 수 없잖아요? 당신은 다쳤어요. 아버님도『척영을 단단히 보살펴주거라!』라고 하셨습니다. 이건 이른바 군무입니다. 다른 뜻은 없어요."

"……그렇군요."

오른손은 문제없이 움직이는데…… 소용없겠지. 나는 쌀떡을 깨물었다.

순순히 감상을 말했다.

"──맛있네."

"그런가요."

백령에게 길들여지면서, 오른손으로 입가의 쌀알을 집어──.

"아아, 그렇지! 야, 어떻게 의부님이랑 너랑 이렇게 빨리 돌아온 거야? 서, 설마…… 정말로 마술이나 선술을 썼어?!"

"……바보네요. 그럴 리 없잖아요. 자, 물이에요."

죽통을 오른손으로 받아 단숨에 들이켰다. 메마른 몸이 환희한다.

은발 미소녀가 두 번째 쌀떡을 준비해주면서 방법을 알려주었다.

"왕씨 가문의 거대외륜선단을 썼어요. 배라는 건 그렇게 빨리 항행이 가능한 거군요. 조금 무서웠어요."

"거대외륜선단??"

낯선 말에 고개를 갸웃거렸다. ……그러니까, 외륜선 자체는 알고 있어.

배의 옆에 수차를 달고 그걸 인력으로 돌려서, 바람이 없어도 항행이 가능한 물건. 명령이 실제로 건조했다는 이야기도 들었다.

그런데, 『거대』랑 『선단』은 뭐야?

백령이 죽피를 정성스레 벗기면서 게슴츠레하게 눈을 떴다.

"……발안자는 당신이라고 들었는데요?"

"부, 분명히 말은 했지만, 거대선…… 하물며 다수를 만들라고 한 적은 없어!"

은발 미소녀가 침대에 고쳐 앉으면서 타일렀다.

"변명은 듣기 싫어요. 조금은 자중하세요."

"다, 단순히 차 마시면서 잡담한 거였어. 어쩌다가 백모님한테, 이국에 있는 『바람이 없을 때도 움직이는 배』 이야기를 들어서……. 뭐랑 천재는 종이 한 장 차이라고 하던데. 정말일지도 모르겠다."

"……후반 부분에는 동의합니다."

백령이 떫은 표정으로 수긍했다. 도읍에서 무슨 일이 있었나?

──쌀떡을 다 먹자, 남쪽에서 밤바람이 불었다.

구름에 가려졌던 만월이 모습을 드러내기 시작했다. 조용히 물었다.

"의부님은 대하에 있어?"

"네."

구엔을 잃어도, 아다이는 침공을 포기하지 않을 거다.

그 거대 투석기나 중장갑의 금속제 장비는 앞으로 북방 전선에도 출현할 거야.

【서동】의 움직임에도 대비할 필요가 있다.

중립을 깨고 현 나라 군의 통과를 용인한 단계에서 그 나라는 이미 적이다.

그 기술력을 얕볼 수 없다는 것은 이번 전쟁으로 확실해졌으니, 무시할 수 없다.

의부님은 북쪽뿐 아니라, 서쪽에도 전선을 떠안게 되었다.

국내의 『화평순종파』도 성가시다. 이번 승리를 듣고서 가만있으면 좋겠는데…….

말할 수 있는 것은── 또 수많은 사람이 죽는 대전이 일어나고, 나도 그것에 관여하게 되리라는 것.

……젠장. 그래서 얼른 시골 문관이 되고 싶었다고.

백령이 내 얼굴을 들여다보며 이마에 손을 뻗었다.

"아버님도 여러분도 입을 모아 당신을 칭찬했어요. 『척영이 있었으니까, 경양을 지켜냈다』라고요."

"……살아 있는 녀석은 그렇게 말하겠지."

눈길을 피하며 탄식했다. 결국, 나는 싸우는 게 싫다.

그러면서 무의 재능만 가졌다.

하다못해, 나에게 대군을 지휘하는 재능이 조금 더 있었다면…….

"척영."

"!"

갑자기, 백령이 내 오른손을 자기 양손으로 쥐고서 가슴으로 가져갔다.

──심장 소리가 들린다.

"이, 이봐."

"……자기만 탓하지 마세요. 당신은 열심히 했어요. 믿을 수 없을 정도로 노력했어요. 누가 뭐라고 해도, 제가 그걸 인정합니다. 그러니까……."

별보다도 예쁜 창안에 커다란 눈물방울. 나는 아주 상냥한 기분에 빠져서, 아명을 부르며 놀렸다.

"……울지 마. 울보 설희."

"……안 울었어요."

손을 떼고, 소매로 눈물을 닦고 일어선 백령이 순백의 검──「백성」을 내밀었다.

"자요. 이번에야말로 돌려줄게요."

"어, 어어."

기세에 밀려 받았다. 그리운 무게다…… 손에 착 감겼다.

"…………."

"뭔데?"

은발의 미소녀는 나를 불안한 기색으로 바라보고, 금방 눈길을 피했다.

시선을 흔들고, 앞머리를 만지면서 의미불명의 한 마디.

"──그래서, 어쩔 건가요?"

"???"

나는 이해하지 못해 고개를 갸웃거렸다. 백령의 어조가 초조해지고 목소리가 흐트러졌다.

"그, 그러니까아! ……명령과 약속을 했잖아요? 그 애는【천검】을 찾아왔어요. 어떡할 건가요?"

"응~. ……지금은, 색시를 맞을 생각 없는데 말야…………."

그 녀석, 어떻게 찾은 거지? 그리고── 지금, 이름을 불렀지??

승리를 뽐내는 천재 소녀의 얼굴을 떠올리면서, 조금 생각했다.

"아, 이러면 되지 않을까?"

"……네?"

나는 방금 받은 검을 백령에게 돌려주었다.

은발의 미소녀는 양손으로 받으면서, 방금 나랑 똑같이 눈을 깜박였다.

"처, 척영? 저기……."

"나는 왼팔이 지금 이러니까 금방은 안 나아. 그건 네가 가지고 있어 줘. 쓰다 보면 손에 익을지 모르지."

간단히 말하고, 한쪽 눈을 감았다.

──나는 전생에서도 이번 생에서도 틀리기만 한다. 하다못해 이 선택 정도는 틀리지 말아야지.

씨익, 웃으면서 움직이는 오른손을 흔들었다.

"【흑성】과 【백성】── 두 자루가 어우러져야 【천검】이야. 그 녀석한테는 『【천검】을 찾아서, 나한테 넘기면 결혼을 생각해본다』고 했었으니까."

"……사기꾼 같은 말이네요."

백령이 쓴웃음을 지으면서도, 기쁨을 감추지 못하고 올려다보았다.

뭐, 명령에게는 감사를 해야 하겠지만…… 나중에 하자. 더욱이 나는 못을 박았다.

──조금 거짓말을 섞으면서.

"그리고 말이다. 천 년 전의 검이잖아? 이게 진짜라고 누가 증명할 수 있어?? 가능하다면 【쌍영(双英)】 중 하나가 전생이라도 안 하면 무리잖아?"

"……역시, 심술궂어요."

우리 공주님은 살짝 볼을 물들이면서 【백성】을 품에 끌어안고 웃었다.

응. 역시 우는 얼굴보다 웃는 표정이 좋다고 생각한다.

상반신을 가볍게 눌러서, 드러누웠다. 즉시 이불을 위에 덮어주더니, 백령의 얼굴이 가까이 다가왔다.

"자. 조금 더 자요."

"아니, 이제 졸리지도 않고,『황서』라도……."

"안돼요."

"……네."

어마어마한 압력에 굴복하여, 나는 전면 항복했다. 어쩔 수 없이── 눈을 감고 잠을 청했다.

백령이 쟁반을 들고 방을 나서는 기척. 등불도 꺼졌다.

무슨 일이 있어도 나를 재우겠다는 탐욕스러운 의지가 느껴진다…….

그러자, 생각 이상으로 피로가 쌓여 있었던 거겠지. 금방 수마가 나를 덮쳤다.

꾸벅꾸벅하고 있자── 작게 부르는 소리.

"척영."

"응?"

어둠 속에서 눈을 떴지만, 흐릿하다는 것밖에 모르겠다.

잠시 침묵이 이어지고── 소녀는 생각지 못한 것을 물었다.

"【장】씨 성, 가지고 싶나요?"

나는 생각했다.

『장씨 가문의 더부살이』가 아니라,『장척영』이 된다.

여태 솔직히 그렇게까지 의식하진 않았다. 그러나…… 솔직히 대답했다.

"……그야, 뭐 그렇지."

응답은 잠시 동안 없었다.

방을 나섰나? 생각하여 상반신을 일으키자, 백령의 시원스러운 목소리가 귀를 때렸다.

"──그런가요. 알았어요. 기억해 둘게요."

평소랑 다를 바 없는 것 같다.

──다만.

희미하게…… 그래. 아주 희미하게 달콤함이 섞인 것 같은데…….

어둠 속에 보이는 소녀의 형체에 물었다.

"야, 지금 질문의 의미는……."

키득키득, 고상한 웃음 소리.

"몰라도 괜찮아요. 이쪽 이야기니까요. 그리고 또 하나. 당신은 나한테 이렇게 말했죠?『내 등을 지키는 녀석은 죽어버린다』라고. ──그러면."

구름이 완전히 걷히고, 달빛이 들어온다.

──누구보다도 아름다운 은발창안의 소녀가 검을 가슴에 대고, 나를 바라보았다.

"저는 당신 등을 지키는 것도, 당신 옆을 걷는 것도 아니라── 당신 손을 이끌고, 당신 앞을 걷겠어요. 그러면 괜찮죠? 제 등을 지켜줄 거죠?"

어안이 벙벙해서, 말이 안 나온다.

전생에서도 이번 생에서도, 『개인』으로서는 강자로 분류되는 나에게 그런 말을 한 녀석은 없었다.

……정말이지. 이 녀석은 당해낼 수가 없어.

쓴웃음을 지으며, 약하지만 그러나 확실하게 고개를 끄덕였다.

그러자 백령은 기뻐하며 미소를 짓고, 경쾌하게 회전했다.

"그러면── 잘 자요, 척영."

"그래── 잘 자. 백령."

이번에야말로, 미소녀의 기척이 멀어진다.

몸을 옆으로 눕히고, 머리를 움직여 창밖을 보자── 북쪽 하늘에, 과거에 떨어졌을 【쌍성】이 빛나고 있었다. 새로운 별?

"……그렇군."

시대를 넘어서 【천검】에 역할이 내려진 모양이다.

이번에는 마지막까지 지켜야지…….

눈을 감고, 나는 감미로운 수마에 의식을 맡겼다.

*

"허면…… 진정 구엔이 전사한 것이냐?"

경양에서 제국군 주력을 물린 날의 심야. 제국군 기함 선실.

흐릿한 등불 아래서, 의자에 앉아 패전의 상세 보고를 듣고 있던 나── 현 제국 황제 아다이 다다의 물음이 조용히 퍼졌다.

심복들도 쉬고 있기에, 이 자리에 있는 것은 나와—— 창가에 서 있는 여우 가면을 쓴 너덜너덜한 외투를 걸친 밀정뿐이다. 체격은 작지만, 남자인지 여자인지는 모른다. 차분한 대답.

"틀림없다. 멀리서지만 확인했다.『적창기(赤槍騎)』의 장수들도 다수가 전사하고, 몇 안 되는 생존자는【서동】으로 패주."

선제에게『천호(千狐)』라 불리는, 어둠 속에 숨은 밀정 조직의 관계를 계승한 것은 돌아가시기 직전이었다. 이르기를—— 놈들은 기괴한 업을 이용해, 우리 제국을 주인으로 섬겨 첩보면에서 건국 때부터 지탱하고 있다. 자세한 것은 모른다.

즉위 뒤, 유일하게 한 번 만난 우두머리가 이렇게 말했다.

『우리들의 정체 따위 아무래도 좋지 않은가? 천하의 통일만 생각한다면, 힘을 빌려드리지—— 대승상, **왕영풍** 나리.』

분명히 그렇다. 전생에서도 이번 생에서도 해야 할 일은 다를 바 없다.

천하의 통일을! 지금은 없는 벗들이 맡긴 꿈의 영원한 성취를!!

전생에서는 내가 물러난 뒤 제국이 50년도 가지 못했다 한다. 이번 생에서는 그런 실패를 하지 않는다.

나는 소녀 같은 가녀린 손가락으로 백발을 만지면서, 말을 흘렸다.

"……좀처럼 믿을 수가 없군. 열 배의 병력 차이를 뒤집다니. 그래서, 구엔을 친 것은 어떤 자인가?"

『적랑』은 틀림없는 강자였다.

야전에서 장태람에게 뒤처지는 일은 있어도, 전장에서 꼴사납게 패하리라 생각하기 어렵다.

밀정의 기척에 희미하게 당혹이 섞였다.

"——장백령과 장척영이다."

창에서 남풍이 들어와, 등잔의 불꽃을 흔들었다. 의문스럽게 되물었다.

"딸이야 그렇다 치고…… 놈에게 아들이 있었나? 구엔의 보고서에도 그러한 자는 없었다만?"

"피가 이어지지 않았다고 한다. 병사들이 말하는 내용을 믿는다면, 둘 다 나이는 열여섯."

"……흠."

불과 열여섯의 소년과 소녀가, 둘이서라지만 『적랑』을 쳤다.

문득, 전생에서도 같은 일을 이룩한 벗을 떠올렸다.

영봉이 이름 있는 장수를 친 것은 첫 출진── 열다섯이었다.

이자들의 정보 능력은 지극히 높다. 인정하기 어렵지만 사실이리라.

……설마, 구엔이 전장에서 패하다니.

충신을 잃어 기분이 가라앉은 나에 비해, 밀정은 무게가 느껴지지 않는 동작으로 창의 난간에 뛰어올랐다.

"용건은 끝났다── 황제여, 사명을 잊지 말라. 우리들은 천 년 기다렸다. 반드시 천하의 통일을. 북방에서 폭풍이 오기 전에."

"알고 있다. 놈들이 한데 뭉치면 성가시지. ──아아, 【천검】 수색에 대해서는."

"……진전이 없다. **네놈이 말한 묘에 그러한 물건은 없었다.**"

아주 미약하지만 쓸쓸함이 느껴지는 어조로 말하더니, 여우 가면의 모습이 사라졌다.

홀로 선실에 남은 나는, 탁상의 꽃병에 장식된 『노도』의 복숭아 꽃을 바라보며 독백.

"……설마."

황영봉은 죽었다. 나처럼 두 번째 생을 얻는 것은…….

"아니, 자세히 조사를 해봐야겠지. 『적랑』이 전사하고, 내 야망을 가로막았다. 그것을 이룬 소년과 소녀를 아는 것은, 내 제국에도 중요한 일이니까……."

내 중얼거림은 어둠에 녹아서, 사라졌다.

창밖으로 보이는 북쪽 하늘에, 그날 떨어졌을 【쌍성】이 반짝이고 있었다.

후기

처음 뵙는 독자 여러분 안녕하세요? 다시 만난 독자 여러분 오랜만입니다, 나나노 리쿠입니다.

2018년 말에 『공녀 전하의 가정교사』로 데뷔를 하여, 신인 기분이 도무지 빠지지 않는 자칭 세 떡잎 마크 작가(※새싹은 박탈)입니다. 잘 부탁드립니다.

내용에 대해서.

저는 취미가 『쓰는 것』과 『읽는 것』이라는 무취미의 전형 같은 인간이라…… 세상에 내놓지 않고 품고 있던 플롯 중 하나가 본작이었습니다.

……솔직히 말하자면, 이야기로서 잘 움직여줄지, 불안이 없었다고 하면 거짓말이 됩니다.

매월 발매되고 있는 수많은 작품 속에, 본작 같은 순수한 중화풍 소드 판타지는 거의 존재하지 않기 때문입니다(삼국지를 기본 삼는 것은 있습니다만……).

네, 완전히 기우였습니다.

쓰고 보니, 주인공 척영은 제대로 멋진 히어로였고, 백령은 귀여운 히로인 겸 똑 부러지는 짝꿍. 적들도 대단히 마음에 듭니다.

검과 마법의 판타지도 좋습니다만, 이런 판타지도 어떠신가요?

선전입니다.

『공녀 전하의 가정교사』 최신 13권이 같은 날에 발매됩니다.

『쌍성』을 집어주신 독자 여러분, 이쪽도 부디 부탁드립니다. 일러스트는 cura 선생님입니다.

신세를 진 분들께 인사를.

담장 편집자님, 책 나왔네요! 2권도 열심히 할게요.

cura 선생님, 『공녀』에 이어 본작의 일러스트도 맡아주셔서, 정말로 감사합니다! 척영, 백령, 명령, 정말 멋집니다!!

바쁘신 가운데, 추천문을 써주신, 시미즈 유우 선생님, 히츠지 타로 선생님, 카토 묘진 선생님, 정말 감사합니다. 추천문을 받은 것 자체가 처음이라 이것을 쓰고 있는 단계에서도 긴장하고 있습니다. 아직도 체험하지 못한 일들이 많아요.

여기까지 읽어주신 모든 독자 여러분께 한껏 감사를.

또 만나는 것을 기대하고 있습니다.

다음 권, 『배신자에게 징벌을』.

나나노 리쿠

SOSEI NO TENKENTSUKAI Vol.1
©Riku Nanano, cura 2022
First published in Japan in 2022 by KADOKAWA CORPORATION, Tokyo.
Korean translation rights arranged with KADOKAWA CORPORATION, Tokyo.

쌍성의 천검사 1

2023년 9월 15일 1판 1쇄 발행

저   자 나나노 리쿠
일러스트 cura
옮 긴 이 박경용
발 행 인 유재옥
본 부 장 조병권
담당편집 정영길
편 집 1 팀 김준균 김혜연
편 집 2 팀 정영길 조찬희 박치우 정지원
편 집 3 팀 오준영 이해빈 이소의
편 집 4 팀 전태영 박소연
미   술 김보라 박민솔
라이츠담당 김정미 맹미영 이윤서
디 지 털 박상섭 김지연
발 행 처 ㈜소미미디어
인쇄제작처 코리아피앤피
등   록 제2015-000008호
주   소 서울 마포구 토정로 222, 403호(신수동, 한국출판콘텐츠센터)
판   매 ㈜소미미디어
마 케 팅 한민지 최정연 박종욱 최원석
물   류 허석용
전   화 편집부 (070)4164-3962, 3963 기획실 (02)567-3388
              판매 및 마케팅 (070)4165-6888, Fax (02)322-7665

ISBN 979-11-384-2033-4 (04830)
ISBN 979-11-384-2032-7